夜葬

—やそう—

最東對地

目錄

「夜葬」

位於栃木縣深山，與外界完全隔離的鈍振村自古流傳的習俗。

這個村莊的村民篤信人的臉孔是「向神明借來的」。死後不論男女老幼，臉孔都要被挖出來，還給神明。剜挖出來的臉孔，則會嵌入缺少臉部的地藏，意味著將借來的魂魄，歸還神明。這種戴著人臉的地藏，稱之為「鈍振地藏」。

而將臉孔歸還神明的死者，則是被視為駛向陰間的船隻。村民會在死者挖空的臉部盛滿如小山般剛煮好的白飯，讓他在前往陰間的路途不致於挨餓。

因此，這個村莊稱呼臉部被剜挖的死者為「鈍振亡者」（註1），這也是村名的由來。「鈍振亡者」搭乘前往陰間的船隻（身體）離開人世，勢必是在夜晚，所以這個村莊弔唁死者的儀式一定在夜晚舉行。這便是鈍振村獨有的葬送習俗，稱之為「夜葬」。

摘自文西出版《驚嚇地點指南》

一 真北健

深夜的便利商店好似螢火蟲發出光芒。阿健騎腳踏車越靠越近，便利商店便宛如張嘴等待食物進肚的夜話中的怪物一樣，慢慢釋放出刺眼的光芒。

阿健將腳踏車停放在店門口，穿過自動門。在電燈旁忙著拍打翅膀，散布鱗粉的飛蛾，盯著阿健的後背。

阿健逛了逛店內的陳列架，拿起不想買的餅乾和泡麵，又胡亂地放回架上。即便他有想買的東西，在他逛到之前，就當作是打發時間吧。

「啊，阿土說過這個很好吃。」

黃色包裝的巧克力。上面寫著：香蕉與檸檬奇蹟般的邂逅。

阿健凝視了數秒後，沒有放回架上，而是用左手拎著。然後有節奏地用包裝盒敲打著大

註1：鈍振，donburi。音同碗公。

腿，走向書架。

他瞥了一眼角落的成人雜誌區，走向另一端，邊走邊瀏覽雜誌名稱，偶爾拿起來翻個幾頁又放回去，如此重複。

然後來到單行本區，評斷躍上書背的書名，輕聲嘆息。因為沒什麼吸引人的書。

「啊！反正我也不會買就是了。」

阿健聲若蚊蚋地自言自語，移動到飲料區，不像選零食那樣猶豫，立刻拿起一瓶可樂。在關上冰箱門時，順便看了一下設置在陳列架上的時鐘。

時間已經過了深夜兩點。阿健擔心不快點回家，明天大概要睡到下午了。他領悟到繼續消磨時間並非上策，便拿著巧克力和可樂走向收銀檯。

半途，拿起放在收銀機前方區域，自己經常購買的錠片零食，一起結算。

「歡迎光臨。」

疑似大學生的店員看都不看阿健一眼，淡淡地說完口號後，便一一掃描商品。

阿健自己也不會想和在這個時間遇見的人對看。大概是對像自己這樣的未成年人，半夜還在外面閒晃，感到有些愧疚吧。

「謝謝惠顧，歡迎您再度光臨！」

店員語氣輕快地說出業務性的感謝話語，阿健逃也似地匆匆離開。

「那個店員，好歹也問我一下有沒有集點卡吧。」

本人不在，就敢抱怨。這種情景隨處可見，但對於像阿健這種年紀的少年，更會將這種不滿露骨地表達出來吧。

深夜兩點，這時間並不適合像阿健這種年齡的孩子外出遊蕩，但這卻是他每週五的常態。放學後就到車站前百貨公司的廁所換上便服，然後和朋友玩到深夜。

通常這種情況容易被世人批評：父母怎麼都不管小孩。但阿健的父母，從來不過問他的這種例行常態。

非但沒有過問，一到週末，父母親自己也經常晚歸，阿健有樣學樣，或許也是理所當然吧。

「奇怪？」

阿健將背包和塑膠袋扔進腳踏車前籃時，看見一樣東西。拉鍊半開的背包裡，裝著一本沒看過的書。

「咦？什麼時候放進去的？」

一看就知道是便利商店的商品。因為它的裝訂跟剛才逛到的單行本區裡，所看到的書籍幾乎一模一樣。

說得好聽一點是簡單好閱讀；說得難聽一點，就是顏色雜又給人廉價的印象，是便利商店經常看到的那種書。

從背包露出的書背印著《驚嚇地點指南》。

「……」

阿健慢慢地望向店裡的收銀檯。剛才的店員打了一個呵欠，低著頭。就連阿健也看得出他應該是在玩手機。這本書是在偶然的情況下，不小心混進他的背包裡。

「真走運。」

阿健根本沒想要還，只覺得賺到了他背包裡的那本書。他跨上腳踏車，騎向歸途。

便利商店越離越遠。燈光於背後再次化為小小的螢火蟲。等到完全看不到那道亮光時，便抵達阿健的公寓。他住的公寓宛如飯店一樣，保安設施完善，就現在的社會而言，這是再自然不過的配備。

阿健在玄關插入鑰匙卡，開啟自動門，將腳踏車牽進大廳。

按下電梯的十二樓。

在他凝視著亮燈的樓層按鍵時，突然想起背包裡的那本《驚嚇地點指南》。儘管心裡覺得有些毛骨悚然，但他還是說服自己那也不失為一種樂趣。

電梯抵達十二樓，在電梯門開啟之前，他不敢回頭看背後的鏡子。

「回來啦～這麼晚了精神還這麼好，每個星期都不會睏啊。」

阿健走進客廳後，便看見母親搖晃著玻璃杯中的紅酒，吃著乳酪。而父親則是垂下手臂，在沙發上睡著了。

「彼此彼此吧？你們還真是喝酒喝不膩呢。」

「哎呀，你這孩子真是沒禮貌呢。這不是酒，是葡萄酒好嗎？我的血液是由葡萄酒組成的。」

針對母親說的玩笑話，阿健回答：「是喔，那還真是恭喜妳喔。」接著快速走進房間。

「你要吃什麼嗎？」

母親從客廳詢問他。阿健拒絕道：「不用了。」然後打開巧克力的包裝，往嘴裡扔了一塊。他鼓著臉頰發出咀嚼聲，從背包裡拿出先前看到的那本書，直接仰躺在床上。

「我根本不會買這種書，真是賺到了。」

他躺在床上翻閱書本。每篇文章都附有照片，具有臨場感，阿健看得津津有味。他一點也不覺得那是他順手牽羊偷來的，毫無罪惡感可言。

阿健沾沾自喜，覺得自己真是走運。但他還只是個國中生，除了漫畫以外，幾乎不會自動自發地閱讀其他書籍。儘管書裡附有大量的圖片和彩色頁面，書本內容大多還是印刷鉛字。

他只好挑自己有興趣的頁面閱讀。不是自掏腰包買的書更是如此。

「嗚哇，好噁喔！這是什麼啊？」

果不其然，當他隨意翻閱時，便停在顯眼的彩頁上，躍進眼簾的是圖片和色彩豐富的特輯彩頁。特別引人注目的插圖，震撼力十足。

「這是什麼……？我看看，『鈍振亡者』？明明臉部挖空，噁心得要命，名字卻滿可笑的嘛。」

阿健翻到的跨頁頁面，用了整張左側的版面畫了一個臉部中間凹了一個圓形大洞，沒有眼口鼻的女性插圖。

右側的頁面則是寫著「遭世俗遺忘的孤獨村落，進行殘忍的葬送儀式」這樣的標題。下方則是用文字和圖片敘述有關那個凹臉人和村落的習俗。

人稱「鈍振村」的村莊特輯，由六頁組成，內容詳細記載著這種臉部挖空的屍體稱之為「鈍振亡者」，以及死後會在臉部挖空的洞裡，裝滿如小山般，剛煮好的白米飯等事情。

「嘔……真的假的啊。日本現在還有這種村落嗎？太扯了！」

阿健如此說道，望向時鐘後，發現已經看了三十分鐘的書。他闔上書本，將它放到床頭。不久後，又覺得把那本書放在頭部附近心裡有點發毛，最後便把它收進書桌的抽屜深處。

『♪』

阿健關上抽屜，從衣櫥裡拿出運動服打算要洗澡時，手機通訊軟體「LIVE」發出接收到新訊息的聲音。他以為是去便利商店前一起玩的朋友傳來的，便確認了一下手機螢幕。

「哇靠，這是什麼啊？」

看了手機螢幕的阿健，不悅地皺起眉頭，不由自主地遠離手機螢幕。因為寄件人的名字顯示『縺繧薙�繧翫&繧�』這樣的亂碼。

『縺昂%縺縺�k繧薙〒縺吶。�溘　莉翫。繧芽。後″縺縺吶�』

接著打開顯示的訊息，一樣也呈現出一排莫名其妙的文字。阿健懷疑是哪裡故障，查看其他朋友的帳號和聊天紀錄，卻沒什麼異常，跟之前一樣。

「咦～這是怎麼回事啊～」

因為剛才看了那種書，阿健有些疑神疑鬼。他再次打開剛才傳送訊息過來的聊天室，確認內容。

『縺昂%縺縺�k　薙〒縺吶。�溘　莉翫。繧芽。後″縺縺吶�』

無論重看幾次，還是不知所云的文字列。因為有一連串難解的漢字，阿健還以為是中文字之類的，但仔細閱讀後，仍舊找不到任何一個認識的字。

在這段期間，傳來的訊息旁顯示出小小的『已讀』文字。

「啊，變成已讀了。」

這兩個字表示對方已讀過自己發的訊息。

不過，內心感到些微恐懼的阿健，並沒有發現這異常邪門的狀況。

「應該是哪裡的中國人，不小心對我發出交友申請吧。」

阿健在心中硬下了一個結論後，便抱著內褲和T恤離開房間。

『已設定目的地。離目的地還有十二公里。』

而待在浴室的阿健自然無從得知，當他離開房間後，放在床上的智慧型手機便立刻開始導航。

滴落磁磚的水聲，宛如不協調音般，同時存在聲調一致的響亮聲響與細膩微弱的細小聲響，掉落地面後直接流向排水口。

流水聲隨著阿健洗頭的手勢而產生變化，彷彿表現出阿健企圖用淋浴來沖走剛才詭異事件的內心寫照。

——不該三更半夜看那種書的。

ＬＩＶＥ的事情也是，如果在白天發生，肯定沒什麼好大驚小怪，解開問題後，原因一定十分單純。

丑時三刻，阿健正在沖澡，水溫微燙。放在房間裡的手機響起『前方三百公尺，左轉』的聲音，螢幕上則是顯示『離目的地還有二點三公里』。

「阿健，你打算讀哪一所高中？」

阿健將浴巾蓋在頭上，走出浴室後，被母親叫住。他一臉不悅地回答：

「我才二年級耶，談這個問題太早了吧。」

「說是二年級，但不到半年就要升三年級了吧。你混得這麼厲害行嗎？到時候會考不上想讀的高中喔～」

母親提起阿健盡可能不去思考的痛處，他將無法反駁的煩躁化為「好啦、好啦。」這句話，避重就輕地想要敷衍過去。

不過，母親並非省油的燈，一眼便看穿兒子的心思。她再次叫住想要溜進房間的阿健，抓住他的手臂說：「給我等一下～」

「幹嘛啦，煩死了！」

「啊，很嗆嘛。只要你認真讀書，你週末愛玩到幾點，我都不會管你。」

「妳很囉嗦耶，我知道啦！我會好好想想。」

「真的嗎？」阿健不理會母親說的話，甩開她的手，回到房間躺在床上。

『即將抵達目的地。』

耳邊傳來導航的播報聲，阿健嚇得彈起來，拿起手機察看是怎麼回事。

手中響起『咚』的通知聲。手機螢幕上，地圖正朝著目的地移動。阿健不敢置信。

這也難怪。畢竟手機的導航功能，是帶領持有人前往目的地的應用程式。就算是程式故障，自己啟動，但他本人又沒有移動，導航怎麼可能會擅自朝目的地前進。

然而，這「毫無可能」一事，就發生在他的掌心之中。

「目的地是……」

話說回來，目的地到底設定在哪裡？阿健想要仔細確認擅自不斷移動的導航地圖，用手指滑動、放大縮小螢幕時，臉色瞬間發白。

『前方，搭乘電梯至十二樓。』

「這、這是……」

『目的地是一二〇四號房。』

阿健的直覺告訴他：快逃，現在馬上逃跑。

在本能相信直覺移動身體前的短短一瞬間。恐怕無法換算成時間的一剎那。就是這一剎那的延遲，一切都為時已晚。

『抵達目的地附近。辛苦了。』

從後頸的髮際到肩胛骨竄過一股冰冷的寒意。

全身上下的每一根神經，都在警告阿健不可以回頭。

然而，可悲的是，因為恐懼和緊張，別說逃跑了，阿健根本只能僵在原地，無法動彈。

『可以再來一碗嗎？』

背後一陣涼意。是人的氣息。不，可以感覺到氣息沒錯，但阿健不敢斷定那就是人的氣息。不過，背後確實傳來人的聲音。而且，非常靠近。

（一定是我多心了。）

阿健只能如此說服自己吧。難以置信、不合常理、被視為無物的存在。唯有全盤否定，才能支撐他的精神。

不過，要全盤否定，無可避免地必須做出一個動作。

非做不可的簡單動作，那就是回頭。只要回頭望向後方，確認就好……

——一定是我多心了……

阿健的背後，站著他想全盤否定的象徵。

綁著馬尾，穿著黑白條紋的針織衫，以及色彩鮮豔的短褲。

儘管外表不是「認知中的形象」，但容貌卻十分眼熟。

……不對，正確來說，祂的容貌「根本分不出眼不眼熟」。

這也難怪，因為祂的臉部中心就如同月球表面的坑洞般向下凹了一個洞。

眼睛、鼻子、嘴巴的部分，全被挖空，臉部呈現一個凹陷的圓弧形。

沒錯，就跟阿健剛才閱讀的《驚嚇地點指南》一書中所畫的怪物一模一樣。

阿健拚命地想發出叫聲，卻被在眼前出現的怪物嚇得一愣一愣，無法動彈。膽怯奪去了他的自由。

「救命啊……！」

好不容易擠出聲音的同時，綁著馬尾的凹臉人，大幅度地舉起右手。

祂的手中握著一把園藝用的舊鐵鍬。

「喀！」響起一道猶如挖土般的聲音後，一切告終。

鼻子深處竄過一股冰冷的異物感。鐵鍬殘忍地刺入皮膚，推到最底端後，鼻子深處湧現強烈的痛楚。

感覺鐵鍬的尖端劈開頭蓋骨，強行挖掘自己的臉部。

隨後，則是感受到宛如用手提式攪拌器攪拌腦漿般的劇痛。

每當這些感受交錯在一起時，喉嚨深處便會發出阿健微弱的聲音。明明臉孔內部正感受著令人發狂般的猛烈疼痛，身體卻動彈不得。

深深刺入的鐵鍬，在臉孔內部攪動剜挖，隨著黏稠的滴落聲拔出，再刺進皮膚，沒入最底端。如此重複。

「阿健，很晚了，安靜一點。」

每當鐵鍬刺進臉部的時候，阿健的頭部便會撞擊地面，引發震動。半夢半醒的母親從客廳提醒阿健。

阿健的意識飛得越來越遠，母親的聲音聽起來很模糊。在鐵鍬屢次刺向臉部的感覺中，阿健想起那篇文章所記載的凹臉人的名稱。

就在他快想起來的時候，鐵鍬刺向臉部，結果又忘記了。這種情況重複了兩次，在鐵鍬第三次深深刺進下巴上方時，阿健總算想起來了。

——「鈍振亡者」。

二 松永亮

九月二十五日

『接下來播報這則新聞。先前於埼玉縣所澤市失蹤的一名高二生原田弓枝，如今在名古屋市的公園發現她的遺體。她的頭部額頭至下顎受到嚴重的損壞，警方研判為他殺，將從這方面著手繼續調查。而至今尚未發現原田損壞的部分，廣島與栃木也曾發生過相同手法的事件，警方將調查是否與上述事件有關聯性。由於發現原田的遺體，原田就讀的高中舉行臨時集會，校長對學生……』

波吉特節目製作公司的職員朝倉三緒，待在東都電視的報導室。

螢幕亮起代表正在錄影的紅燈，三緒盯著螢幕，對主播正在播報的新聞感到內心發毛。

由於接二連三地發現受到相同手法嚴重毀損臉部的遺體，引起社會一陣譁然。

新聞中之所以不將此事稱之為事件，而是刻意強調「發現相同手法的遺體」是有原因的。假設凶手是同一人，那麼每具遺體發現的場所未免距離太遠。

因此假設難以成立。

「那起事件啊，已經報導得夠輕描淡寫了。」

和三緒同行的主管坂口寬治，轉動著罐裝咖啡，得意洋洋地說道。

兩人被東都電視新聞局的長尾叫來，新聞局委託他們公司製作節目。

波吉特主要大多承包東都電視委託的工作，像這次一樣被叫來已是家常便飯之事。而每次過來一定是邊盯著錄影中的螢幕，邊「等待」把人叫來又放著不管的長尾。

三緒才進入波吉特工作不久，是個菜鳥，儘管等得不耐煩，還是努力不將情緒表現在臉上。

已經等了四十分鐘，也難怪她會感到心焦氣躁。

這一天，她也一如往常勤奮地修身養性。不過，坂口倒是早已習以為常。

他露出一副事不關己的表情。三緒斜眼看著他問道：「怎麼說？」

「嗯，喔喔。主播不是說『臉部損壞』嗎？聽到這句話，妳腦海裡浮現什麼畫面？」

面對坂口的提問，三緒思考著損壞的含意，視線於錄影紅燈的附近遊移。不過，想像不出什麼情境，只好含糊地回答：「唔……」

坂口似乎老早便預料到三緒會做出這種反應，伸出染上菸味的手，敲了敲三緒的額頭。

「想像不出來吧？反正頂多只會認為是被什麼東西砸爛而已吧。不過，真相遠比我們想像的還要殘酷。因為是從這裡，到這裡……」

坂口用觸碰三緒額頭的食指，循著她臉部的外圍，經過下巴，繞回原位，畫了一個圓，壞心眼地笑了笑。

「整個挖空。」

「挖空……咦咦！」

看見三緒鐵青的表情，坂口一臉滿足地發出笑聲後，趁還沒遭其他局的職員行注目禮之前，將剩餘的罐裝咖啡喝光。裝作一副「我正在喝咖啡，可沒有發出聲音喔」的模樣來蒙混過去，真不知道這麼做有什麼意義。

「可、可是，不是說在各地發現許多具那種臉部被挖空的屍體嗎？」

「嗯～就是說啊。雖然手法一樣，但地點卻沒有一貫性。若非旅行途中臨時起意殺人，就是妖怪幹的吧。假設不是妖怪幹的好了，應該也是從最初的事件得到啟發，擅於殺人的模仿犯吧。」

「模仿犯嗎……」

雖然只是無聊的推測，但這個男人是真心這麼說的嗎？

三緒如此思忖，但畢竟自己是人家的屬下，不好出言否定，只能反復思量坂口說的話。

老實說，最近新聞幾乎天天報導獵奇事件，坂口早已見怪不怪了。

換句話說，就是表示凶手是誰都無所謂，自己絲毫不關心。

不過，才剛滿二十四歲的三緒，自然看不穿坂口的心思，只關心自己對這起事件有什麼看法。

「像我們這種承包的製作公司，跟這種精良的新聞節目無緣啦。」

坂口如此說道。此時，一名男性出聲呼喚他的名字。

「交給妳啦。」坂口說完這句滑頭的話後，把空咖啡罐遞給三緒，便立刻朝呼喚他的人奔去。

「啊，坂口先生！我也一起去開會……真是受不了他。」

三緒手拿空罐，佇立在原地，對留下自己一溜煙地消失在會客室的坂口，吐出無聲的嘆息。

「其實是啊，最近不是很流行那個『挖臉事件』嗎？」

說出「挖臉事件」的，是呼喚坂口過去的電視臺製作人，長尾總一郎。

用這種說法來稱呼已經有數人遇害的事件，廣義來說，他的腦袋似乎空洞得可以。

加上坂口也是泰然自若的樂觀主義者，由此可見，置身於這個業界的人，搞不好大多都是這種性格。

雖說只有他們兩人在場，但對於長尾取名為「挖臉事件」的品味，坂口還是不禁笑了一下。

「長尾兄，再怎麼樣也用不著這樣說吧。」

「每天只在乎連長什麼樣子都不知道的觀眾和上頭的觀感，搞得我都懶得顧慮該怎麼稱呼事件了。不過，也是因為你跟我的交情深，我才敢在你面前這麼放縱。貴製作公司那裡的狀況也一樣吧？尤其最近特別多演員和大頭症的年輕藝人。」

製作人長尾沒怎麼意識到自己的發言不妥，對坂口如此說道後，點燃香菸。

「就是說啊～給他幾分顏色，就開起染房來了……讓人不禁心想，老子討好的不是你，而是你的事務所！」

坂口回以長尾想要的回答後，兩人便一個鼻孔出氣，宛如合唱般異口同聲地笑道：「日子真難混啊。」

兩人閒聊了一會兒後，長尾一邊注意門口附近，一邊走到坂口身邊，降低聲調，進入正題：

「然後啊，我今天之所以找你來，是因為有人宣稱他知道『挖臉事件』的內情。」

「知道內情……嗎？」

「就是說啊。好像是事件的相關人物，知道什麼事情的樣子。很可疑吧？」

「不可靠吧。」

坂口應和長尾說道，同時也是他單純的感想。在這個業界，以爆料換取金錢的人多如牛毛。當然，金額會依照消息的準確度和可信度而調整，但大部分都是幌子。

坂口經驗豐富，長尾自然也不遑多讓。可說正因為長尾跟他擁有相同的價值觀，坂口才會如此回答。

「不過啊，這次好像是真的喔。那起事件……並沒有報導出受害人『臉部被挖空』的訊息吧。」

「難道……對方知道這件事嗎？」

「你說中了。他知道，還叫我聽他說。」

「原來如此，這可就有意思了。」

長尾將音量壓得更小聲，發出意有所指的語氣對坂口說：「有意思吧？」

「……感覺我們節目可以採訪呢。」

「坂口弟你不愧是聰明人。像我們這種直營報導，即使消息來源可信度高，也無法輕易地讓那種傢伙上節目。所以，你們先『試水溫』吧。」

長尾朝天花板「哈哈哈」地假笑，遞給坂口一張便條紙，對他咬耳朵道：「這是那個人的聯絡方式，看完記得銷毀。」接著便揮著手走出會客室。被留下的坂口，面帶笑容地目送長尾的背影，含住一根香菸點火。

「呼！盡丟些麻煩事給我。不過……」

坂口只抽了兩口，便在菸灰缸中捻熄了香菸。他撫上會客室出口的門把，自言自語道：「倒是一條肥魚。」接著走出室內。

「啊，坂口先生！」

在外面等待坂口出來的三緒大聲叫喚後，坂口留下一句：「走了。」便快步走出新聞局。

三緒從坂口走路的速度領悟到他已進入工作模式，同時也有預感這種狀況將會持續很久。她蹙起眉頭，小跑步地追在坂口的身後。

「開會了！全員集～合～！」

一聲號令下，辦公室裡的職員全都聚集到白板前，注視著搖晃咖啡紙杯的坂口。

坂口並沒有特別看向某個職員，而是呼喚三緒：「朝倉。」然後用拳頭敲了敲白板，示意「擦掉這裡」。

三緒連忙簡短回應後，火速擦掉寫滿整張白板的文字。接著立刻說出：「請用。」通知坂口白板已經擦乾淨，可以寫上新文字。

坂口將下唇歪向一邊，看起來也像是在微笑，放眼望向此時聚集在自己面前，約四十名社員的面孔。

「要組新團隊了。可能會演變成大案件，必須慎重選擇。」

坂口如此說道，拔下白板筆的筆蓋，在白板寫下「挖臉事件特輯節目（暫定）小組」，列出節目概念和職務分配。

「坂口製作總監，請問一下。挖臉事件是指現在鬧得沸沸揚揚，在全國發現以同樣手法殺害的遺體的那起事件嗎？」

一名男職員半舉手發問。

「沒錯！你說對了，若本！在這個業界，相信也有人已經聽到一些小道消息了，我們這次要做的題材就是這個！」

「挖臉……這是什麼意……」

一名長髮女職員露出想問又不敢問的奇妙神情提問。坂口開心地拍了拍手，指向那名女職員說：「妳想知道？妳想知道嗎？」

「那麼，我簡單說明給不知道的人聽。目前引起社會騷動，一連串的『臉部損毀事件』，其實是將臉部挖空的屍體經過重重修飾，表達得非常委婉。就好比是蛋糕中的千層薄餅蛋糕……不對，應該是千層派吧。」

「挖空的意思是？」

另一名男職員問道。

句尾開的玩笑沒人理會，坂口微微皺起眉頭繼續回答：

「挖空……就是挖空啊。還有其他說法嗎？畫成圖就是這種感覺。」

坂口在白板空白處隨便畫了一個人物的上半身，接著在臉部中央畫了一個大圓。他回過頭來，有些得意地問道：「怎麼樣啊？」

職員的反應分成兩大類。

一類是覺得圖畫得很逗趣，令人發笑；一類則是把圖畫想像成真人，啞然失色。

無論如何，職員似乎都認為遺體的狀況非比尋常，感受到這起事件的詭異性。

「各位都了解了吧？全國各地都發現這種臉部挖空的屍體。毫無共通點的受害人，在毫無共通點的地區、距離遇害，規模之大，不可能是同一兇手為所。這次所澤發現的遺體是第三人，我有預感以後應該還會繼續增加。」

三緒戰戰兢兢地舉起手。坂口立刻看見她，「朝倉，請說！」大聲對她施加壓力。

因為坂口風馳電掣般的指名，三緒上半身大力抖動了一下，一邊左右觀察其他職員的反應，一邊發言：

「剛才您說全國各地……但死亡人數才三人，不覺得太少了嗎？」

「朝倉。」

坂口在三緒話音未落，便緊接著這麼說。在說話途中被呼喚姓名的三緒，發出高八度的聲音回答：「是、是的！」

「妳腦袋裝豆腐嗎？」

「有、有嗎？我這麼想不對嗎？」

「有，還裝了好幾斤。妳認為發生三起相同手法的殺人事件很少嗎？如果是連續發生三起交通事故、絞殺、自殺，是不多啦。但這可是『挖空臉部』的獵奇殺人耶。要是在鄰近地區連續發生倒也就罷了，但同一時期在各地發生，這怎麼想都很詭異吧。尤其嫌犯還沒落網，極有可能是連續殺人事件，今後屍體恐怕還會增加。怎麼樣？這樣妳還覺得少嗎？是不是要等更多人遇害後才來著手調查？」

這下子三緒也只能含糊其辭地回答：「不是……」

坂口所說的話頗具說服力。三緒聽完他的論點後，已經不認為三起事件算少了。真有兩把刷子。

「不過，這只是表面話。」

想不到坂口繼續發言，三緒和其他職員都吃驚地掀起一陣騷然。

「自殺人數公開發表的約有三萬人……但這幾年好像有慢慢減少。不過，據說潛在人數超過十萬人。其中包含自殺未遂，送進醫院後死亡的、死者家屬不承認自殺的、當作事故處理的案件，在業界廣為人知。那我問你們，這種事情只限於自殺者嗎？」

沒有人插嘴坂口的這番演說。預料到沒有人會發表意見的他接著說道：

「沒錯。承接新聞局工作的我們，也適用於這個道理。還有其他『挖臉事件』的受害人，只是沒有浮出檯面罷了。」

「那是指……」

當然，如此反應的，正是造成這個討論話題的提問人，三緒。

不過，坂口還是笑咪咪地說道：「喂、喂，別露出那種表情啦。人數沒有到十人、一百人那麼誇張。」

「頂多是公布人數的一倍。」

在場大部分的職員，全在腦中將「三人」變換成「六人」，數字突然變多，令人啞然無言。

「好了，那麼回到正題吧。我剛才也說過，新聞並沒有報導屍體『臉部被挖空』的事實。換句話說，知道這件事實的，只有警方或一部分像我們這樣的媒體人員。不過，據說有知道這件事的人聯絡電視臺的報導室，說希望提供相關消息。」

當職員之間交頭接耳地提出各自的見解時，坂口在白板寫上「爆料人」後，又補充「真？

假？」這幾個字。用手心在上面拍了拍。

「你們認為是真是假？」

坂口這次明顯表現出要眾人舉手發表意見的態度，但職員們只是如雨後的水窪般，斷斷續續地各自小聲議論起來。

不理會謹言慎行的其他職員，率先舉起手的，還是三緒。

「不管是真是假……都要確認過後才能製作成節目吧。」

「喔喔，妳扳回一城囉，朝倉。說的沒錯。」

坂口在「挖臉事件特輯節目（暫定）小組」這個標題下，寫上朝倉的名字，將她加入小組成員，引起職員一陣譁然。

「坂口先生，你有沒有搞錯啊！」

一道宏亮的聲音最先脫口而出，緊接著同一人物大喊道：「朝倉還那麼菜！」

「怎麼樣，袋田。你什麼意見都沒有提出，有資格說人家嗎？」

「呃，是沒錯啦……我腦筋不太靈活，但是！我比朝倉有體力吧！」

「你除了體力還有什麼？」

人稱袋田，個子高大的光頭，明顯噘起嘴唇，吐露對三緒的不滿，卻被坂口全盤駁回。不過，坂口雖然不理會袋田的抱怨，卻在小組成員「朝倉」的下方，寫上「袋田」的名字，除了袋田本人的職員，都對坂口的這個舉動感到吃驚。

「坂口先生，你有在聽嗎！我真的不能認同！」

袋田情緒激動，語氣越來越粗暴。周圍的職員拍拍他的肩膀，制止他不斷向前傾的身體，不過袋田還是暴跳如雷。

「冷靜點，袋田！你也加入小組了啦！」

「對吧！如果要讓朝倉這個菜鳥負責節目，倒不如選我……咦？」

「你看白板上寫了什麼！」

袋田瞇起他瞪得老大的雙眼，凝視著白板，但還是看不清楚，便從胸前口袋掏出眼鏡戴上。看了兩秒白板，「咦……」再次做出簡短的反應，理解上面寫著自己的名字後，大喊：「咦咦咦咦咦！」

「你很吵耶！」

「因為，坂口先生……我在這家公司幹了兩年多耶！」

「你比較能幹吧？既然如此，就兩個人一起負責。一個衝動又有體力，一個冷靜又聰明，剛好互補。」

——嗚哇，袋田跟我磁場不合啊……

三緒在心中呢喃，畏畏縮縮地看向袋田。袋田也面向三緒，露出難以言喻的愁苦表情看著她。不知坂口是否有察覺到兩人的心情，只見他單方面地扔下一句：「沒有異議吧？」便繼續進行話題。

九月二十八日

三緒和袋田與之前提到的爆料人約在澀谷碰頭。

因為臨時加了一項職務讓袋田負責，坂口估計沒自己出場的份，當天便沒有到場。

而同樣覺得彼此不對盤的兩人，倒是有個共識，就是擔心兩人湊在一起，有辦法擔任節目組的重要職務嗎？不過，兩人無法違抗坂口的指示，更重要的是，兩人都不想因為彼此個性不合，而白白糟蹋了這個機會。

兩人來到與澀谷主要車站連結的大樓十一樓。

自稱「黑川敬介」的人物，事先聯絡兩人自己會先到咖啡廳等待。

有個人如其名，穿著黑色服裝的男子坐在靠近內部的座位上。三緒心想應該不是他吧，而移開視線的時候——

「喔，那裡有個黑色打扮的人耶。既然叫黑川，肯定是他吧。」

袋田的判斷實在太過膚淺，三緒想要阻止他，卻慢了一步，只見袋田快步走進店裡。

他對男人說：「你是黑川先生吧。」看見袋田魯莽的行為，三緒不由得露出宛如含著酸不溜丟的酸梅般的表情，撇過頭。

「對，我是。你是電視臺的人嗎？」

三緒懷疑自己耳朵是不是進水了，眼睛微睜，確認目前的情景。袋田正朝自己招手。

「朝倉，妳在幹嘛啊！還不快過來這裡，給人家名片！」

「咦，啊……不好意思！」

男子頭髮蓬亂、戴著口罩。身穿黑襯衫、黑外套、黑褲子……當然，鞋子也是黑色的。唯一慶幸的是，他戴的不是墨鏡，而是普通的眼鏡。袋田如此暗忖，遞出名片。

「我是波吉特製作公司的袋田巽。請多指教！」

「我是同一間公司的朝倉三緒。今天非常感謝您抽出時間……」

黑川伸出一隻手，分別收下兩張名片，輕輕點頭示意。他來回望向兩人的臉後詢問：「……你們不是電視臺的人嗎？」

「不是！我們不是東都電視臺，而是承包節目製作公司的人！」

「喂，袋田……不、不好意思，對您那麼失禮。我們是東都電視臺委託製作節目的公司職員，實際播放是東都電視臺，但節目製作則是由敝公司負責！」

聽見袋田說話口氣太隨意，三緒連忙打圓場，但由於過於焦急，導致說話速度很快。黑川一語不發地盯著兩人介紹完，輕聲抱怨道：「我明明是聯絡電視臺的人，竟敢糊弄我……」

袋田聽到這句牢騷話，正要做出反應時，三緒將搭檔硬壓到椅子上坐下，自己也隨即笑咪咪地就座。

「那個，請您不用擔心。袋田所說的承包只是比喻錯誤，實際上敝公司也有承接新聞局委託的正式工作。關於製作方面，我們無時無刻都要求自己必須朝比東都電視臺還要高的品質目標邁進。您有所疑慮也是理所當然，但請您放心。」

三緒還在說話時，袋田竟然用手肘輕輕撞了她一下，反駁：「妳亂說！」但三緒不予理會，還是把話說完。也許是話術奏效了吧，黑川似乎稍微卸下了心房，將身體靠在椅子上，說了一句：「我明白了。」

「謝謝您的諒解！那麼今天就麻煩您了。」

「不用謝。反正我今天也沒打算說。」

黑川的口罩鼓起，三緒發現他嘆了一口氣，反觀袋田卻只是埋頭查看飲料目錄，一副事不關己的態度。

比起袋田，三緒更在意黑川所說的「反正我今天也沒打算說」這句話。

這句話哪裡奇怪？三緒並非質疑黑川為何今天不打算說，而是有某位人物早已事先預測到黑川可能會吐出這句話。

——坂口先生，真是料事如神啊。平常看他一副吊兒郎當的模樣。

三緒心中提到的人物，坂口。

坂口在兩人要來會見黑川之前，早已估算到對方會這麼說。而事實也正如他所料。

「聽好了，當你們想要進入正題的時候，要是這個叫黑川的可疑人物說出『今天沒什麼好說的』這類意思的話，你們就順著他。」

「你說順著他，表示對方果然是來爆假料的吧！」

那天，坂口也一起在會議室參加小組會議。

袋田探出身子逼近坂口，滾輪椅因此退向後方。在一旁觀看的三緒無法理解，為何這個男人能自信滿滿地發表這種毫無根據，只憑直覺的言論。

「正好相反。對方當場不想說，應該只是來看跟他接洽的人值不值得信任。幹我們這一行的，想靠爆料賺錢的多到令人厭煩。如果對方立刻提供消息，當場要求金錢交易的話，就算消息屬實，也沒什麼大不了的。」

袋田明明就一知半解，還激動地佩服道：「坂口先生，你好內行喔！」而三緒雖然認同坂口的論調，表情卻有些苦惱。

坂口點燃香菸，吸了一口後詢問三緒：「怎麼？有問題就提出來。」「那麼——」三緒謹慎地說出開場白後，提出自己的疑問。

「如果對方是當場要求報酬的那種類型，該怎麼應付……」

坂口吐了一口煙後，直截了當地說：「攆人。」聽見這草率的回答，三緒不由得反應：「咦！」相反地，袋田倒是自信十足地抿嘴一笑，用拳頭擊打手心。

「把人攆走就行了吧？好耶，我最擅長這種不費腦的事了。」

氣勢勃勃地吐出這種令人難以相信，是在製作公司工作的人所說的話。

「咦咦～」

三緒微弱的聲音傳不到袋田的耳裡。

面對說話莫名其妙，幹勁用錯地方的袋田，以及表現出一副該說的話都說完了，一邊抽菸一邊玩手機的坂口，三緒內心只感到一抹不安。

對於三緒的不安，坂口只吐出一句：

「看吧？我早說過這是個互補的優秀小組吧。」

從回想返回現實的三緒，聽到黑川說出好似照著腳本走的臺詞後，對於不須撵人，以及這個小組不須在早期解散而感到慶幸。

總之，若是相信坂口的理論，那麼這位名叫黑川的男子，勢必極有可能握有真正的內幕消息。

「袋田。」

「嗯，了解。呃，黑川先生，我們也希望你能證明你手上的消息是真的，可以說些新聞沒播的消息嗎……一點點也行。」

聽見袋田不分對象，像個小屁孩般的說話方式，黑川瞬間露出不耐的表情，但又立刻深呼吸了一口氣，緩和情緒後，開口說道：

「你們會提出這種要求也是應該的。好吧，我本來也是這麼打算的。這個消息應該還沒有公開。你們知道凶手是用什麼樣的凶器，挖空被害人的臉部嗎？」

兩人當然不可能知道這種內情，於是面面相覷，搖頭否定。

「是嗎？那我告訴你們。挖空被害人臉部的凶器……應該說是工具吧，是園藝用的鏟子。」

「啥？」

聽見意想不到的詞彙，袋田又做出最直接的反應。黑川再次皺起眉頭，口罩外的眼神明顯透露出不悅。

「園藝用的鏟子也有各種類型吧？」

在這種情況下，三緒的反問可謂是絕妙的救援。她立刻見縫插針地跳出來為袋田的失言打圓場，不讓對話中斷。

雖然很不甘心，但三緒似乎慢慢理解坂口當初為何將自己和袋田編在同一組了。

「沒錯，凶手用的是堅硬的鐵鍬。是外表用油漆塗得五顏六色，卻一下子就剝落，露出鐵質的那種。」

「朝倉，這傢伙說的，是我所知道的那個鐵鍬嗎？」

懶得回答了……這是真心話。但袋田好歹也是公司的前輩，無法明擺著把他晾在一旁。「沒錯。」三緒點了點頭，回答袋田在她耳邊偷偷詢問的問題。

「這凶器既原始又野蠻吧？老實說，我懷疑這種東西真能劈開頭蓋骨，挖取臉部的肉嗎？但我沒說謊喔。你們可以去調查。」

「我相信您。希望下次我們可以積極地談論細節……您意下如何？」

坂口在那之後，對三緒說：「一旦知道對方不是騙錢的，就盡快約好下次見面的時間。那種人，通常會同時跟好幾家公司聯絡。」三緒回想起這件事，立刻言出必行地探問對方的意願。

「好啊。妳這人明智果斷，跟那邊那個熱血蠢男截然不同。我欣賞妳，就約明天吧。」

——好耶！

三緒在內心比出勝利姿勢後，盡量避免喜形於色。她先向黑川道謝，接著提議見面的時間。

三緒提議隔天下午兩點在同一家咖啡廳見面，但黑川希望約在談話不被別人聽見的場所。

「那約在ＫＴＶ不就得了。」

袋田一句話決定約定場所後，走向收銀臺結帳。

黑川不知是氣度變大了，還是因為迅速定案而放寬心，主動告知一件事。

「其實那幾起事件是源自於栃木一個叫作『鈍振村』的村落，大半村民都是超過六十五歲的銀髮族。屍體的模樣很接近那裡的習俗。誰教他們要去那種村莊，才會被詛咒啦。」

說得一副自己也曾去過的樣子。

黑川拒絕兩人說要送他到一樓的好意，獨自回去了。黑川離去時，傳來手機的導航聲，三緒不禁回過頭。

『下一個十字路口左轉。離目的地還有六公里。』

——為什麼要在這種地方使用導航呢？

三緒有些在意，但這並不是什麼稀奇的事，轉身便拋諸腦後。重點是，必須將這次的收穫匯整起來，向坂口報告。三緒在記事本上註記各種事項。袋田悠哉地問她：「妳肚子餓不餓？一起去吃拉麵吧。」

三緒半漠視袋田的言行，光是想到今後得跟這個男人一起行動，胃就隱隱作痛。

十月十二日

「你說大事不好了，是什麼事？」

三緒隔壁的袋田，表情有些不安地詢問坂口。

三緒從袋田的側臉看出他的不安，但搞不好又會被說些什麼，所以她盡量避免盯著袋田。

與黑川在澀谷會面的兩個星期後，到公司上班的兩人被坂口叫進了會議室。

「啊……就是啊，黑川敬介失蹤了。」

坂口叨著菸，望著其他方向，怏怏不悅地說道。激動地追問這件事的，當然是袋田。

「失蹤……所以說那天聯絡不到他的時候，就應該跑去逮人的！」

「逮人，你以為你是警察喔。」

「可是，他搞失蹤，一定是跑去其他電視臺爆料了！早知道那天就不要放他回去，當場把事情問清楚就好了！」

坂口一臉不耐煩地抽著菸答道：「你說的也有道理。」然後吐出一口煙。

他立刻望向兩人，又補上一句：「不過，還沒玩完呢。」

「你說還沒玩完……是指『挖臉事件特輯』嗎？」

「沒錯。但要是黑川繼續避而不見，可就難說了。如果找到他，跟他說我們願意付雙倍價錢。如果這個節目做成的話，一定會有精彩萬分的後續在等著我們。」

三緒與袋田兩人初次接觸黑川後的隔天，黑川並沒有現身於指定的會面場所。不管等再久，都沒有出現的跡象，也聯絡不到人。

僅僅過了一晚，黑川便斷了音訊。

後來兩人不停嘗試聯絡黑川，依然完全聯繫不上，直到現在。

「可是黑川失聯要怎麼做成節目啊！」

「問題就在這裡啊。不過，反過來說，只要找到他就有機會。」

「有什麼關係啊，我們就自己製作特別節目，別管黑川了啦！」

「這可不行喔，袋田。」

三緒突然插話。「妳說什麼？」袋田威嚇似地回答她。

但立刻被坂口戳了一下頭。確認袋田閉嘴後，三緒接著說道：

「這個特輯節目是因為黑川先生才開設的，重點是他所說的話是事實。坂口先生已經驅使人脈確認過了不是嗎？目前我們只能靠印證黑川所說的話來製作節目。」

聽完三緒的演說，坂口「喔喔～」佩服得為她鼓掌。

沒有料到會得到這種反應的三緒，說完後，似乎因為害羞而有些畏縮。

袋田本來想反駁，結果好像還是一如往常腦袋空空，只好噘嘴沉默。

「他的家人好像去報案了。是真的失蹤。如果找不到人，就必須重新擬定企畫了。」

「咦！意思是要解散節目小組嗎！我絕對不要！」

原本閉口不語的袋田，一聽到坂口說要「重新擬定企畫」，便激烈反應。甚至極力主張解散小組的缺點。

不過，每一項都沒有搔到癢處。

「企畫案泡湯，在我們這一行是家常便飯。你有幹勁，我很欣慰，但不顧一切橫衝直撞，也只會撞得頭破血流。放棄吧。」

「怎麼這樣！既然黑川失蹤，那麼把他的失蹤也怪到挖臉事件頭上，至少還可以做個靈異特別節目嘛……」

袋田揮出的最後一拳軟弱無力，破壞力等於零。

他那宛如鼬鼠放屁的垂死掙扎，連三緒都不禁吐嘈道：「那是報導特別節目的企畫，怎麼可能換成靈異節目啦。」

「少囉嗦！可惡，這可是難得的特別節目企畫耶。」

機會在意想不到的地方受挫，還沒著手就胎死腹中的絕望，令平常個性喧鬧的袋田也完全靜默了下來。三緒和袋田在意志消沉的氣氛中正要離開會議室時，坂口卻叫住兩人。

「幹嘛啦？」

三緒提醒袋田不要用那種隨便的語氣回答，但坂口並不介意，接著說道：

「可行喔。有戲唱喔。」

三緒和袋田第一次異口同聲地回應：「什麼？」

對比兩人的情緒，坂口則是揚起嘴角，提高音調笑道：「袋田，我真佩服自己的聰明才智，把你加進這個小組。」

「把一連件的事件改成靈異節目，重新出發吧！」

坂口吐出意想不到的話語，三緒發出高八度的聲音反對這個提案。

「可是，要把現在還在調查的事件當作靈異節目的題材，有違播放道德吧？要是出了差錯，東都電視臺可能不會再跟我們公司合作了！」

「所以就當作是都市傳說，不要提到現在發生的事件就好。而且也只有我們知道相關人物黑川失蹤的事。名字用假名，事件也煞有其事地假裝成過去發生過的案件就好。對了，朝倉，妳去調查盡可能類似這次事件的素材，以它為基礎。袋田你就輔助朝倉。」

面對電光石火般的發展，三緒還反應不過來。而袋田儘管搞不清楚狀況，還是一如往常聒噪地贊同道：「我知道了！我都熱血沸騰起來了呢！」

——這樣好嗎……都有一人下落不明了，還出現了許多死人……

然而沒有一個人聽得見三緒的心聲。

當天　福岡縣某處

智慧型手機的螢幕，映照出漆黑的山間小路。

雖說漆黑一片，倒也不是完全黑暗。閃爍的指示燈、儀表板的刻度，以及引擎運轉聲。

雖然沒有映照出人影，但從正面有燈光照射路面這一點來判斷，可以得知這裡是車內。手機就設置在駕駛座和副駕駛座中間。

『好了，福岡縣有名的靈異地點快要到了。』

螢幕上的影像並沒有什麼變化，只有一道男聲在車內迴蕩。看來，是駕駛座的男子在說話。

男子實況播報周圍所能看見的景物，解說這裡正是位於福岡縣深山一處知名的靈異地點。

『阿松的靈異地點直播，第七次直播的今天，我要帶大家突擊那條隧道～話說，上次直播水壩時，發生了許多狀況，還滿恐怖的說～而且，今晚竟然只有我一個人直播……上次還有另一個人陪我，我有點害怕。不過，我會努力做出讓大家滿意的內容～』

他正在「直播」。

男子利用網路平臺發布即時直播。他到靈異地點探險，用手機拍攝影片。

同時收看直播的觀眾，在影片旁的留言欄不斷留言。比如說『好期待』、『加油』或是『希望有鬼出現』等，內容形形色色。

不過，從這些留言看來，這位男直播主似乎非常受觀眾歡迎。

『別看我這樣，其實膽小如鼠啊，要是覺得情況不妙，我會馬上逃跑喔。還有，真是不好意思，我是剛剛才決定今天要來這裡的。因為看了這本書。』

不見其人，只聞其聲的直播主，將手機的鏡頭轉到一本書上。

《驚嚇地點指南》

封面呈現黑、紅，以及大部分的黃色，紙質怎麼看都像是便利商店常看到的那種書。拍完書本後，收到『好廉價』、『挑好一點的書啦』等一條又一條的回應。

正在開車，無法觀看留言的「阿松」，針對接下來要挑戰的地點，表達他的幹勁，行駛在街燈全無的黑暗中。

『這本書我全部都看完了，有些滿恐怖的，有些就還好。像是栃木的一個村莊，感覺很有意思，不過實在太遠了，我就先去到得了的地方。』

明明單獨一人，卻一直邊說話邊開車，這畫面也是滿奇妙的。

在他不停講話的幾分鐘內，影片中一成不變的景色終於產生了變化。

『到了喲，靈異隧道！那我馬上下車一探究竟～』

「阿松」拿起手機，將鏡頭舉到和自己視線同樣的高度後下車。這時他才瀏覽起不斷向上移動的留言，分別回覆，一邊前進。

鏡頭拍攝隱約佇立在黑暗中的長長隧道。從外面窺視隧道內部的綠色電燈，反而令人覺得更加陰森。

『嗚哇～好陰森喔……上次的水壩也非常恐怖，但我今天一個人來……真嚇人啊。』

「阿松」依然透過手機不斷與鏡頭前的觀眾說話。從第三者的角度來看，他一個人對著空氣說話的情景，也足夠嚇人了。

但那種恐怖也僅止於「某方面的恐怖」，實際正要走進隧道的「阿松」，他所感覺到的恐怖才是無與倫比的吧。

彷彿印證了上述的語句，「阿松」的步伐和聲音越來越小。看來果然是臨時感到怯場吧，他始終不敢踏進隧道內部。

『嗚哇，真的很恐怖……叫我趕快進去？別說得那麼簡單啦，真的很嚇人啊。』

每踏出一步，隧道內便響起砂石摩擦柏油路的聲音。換句話說，這條黑暗的隧道寂靜得連一點聲音都聽得一清二楚。

十月的夜晚寒涼。而且山間小路風勢集中，冷風從「阿松」的臉龐和手機之間穿梭吹過。裹足不前的他，透過小小盒子對凝視自己的一千多人找藉口說道：『好冷！還滿冷的呢～』

『快～點進隧道啦。』『隧道裡有白影……』『邊唱歌邊穿過隧道吧～』『奉勸你還是別進去唄。』『頭開始痛了。』『我平常都有在看，但今天特別有趣呢～』

留言如掉落類型的益智遊戲般，不斷變換，「阿松」將它當作舒緩恐懼的藥劑，終於下定決心走進隧道。他宣言道：『那我要進去囉。』然後邁開步伐前進。

『呃，有人看了直播後覺得身體不舒服，本人一概不負責，請自己選擇要不要觀看……哇，進到隧道後感覺滿溫暖的……』

「阿松」慢慢前進，隧道的牆壁和頂部傳來腳步聲的回音，這時突然『叮咚』響起一道格外響亮的尖銳通知音，響徹整個隧道。「阿松」不禁輕聲驚叫。

『咦？LIVE的訊息？啊啊，各位，不好意思。我以為我已經設靜音了，看來是沒有。抱歉，影響大家視聽。嗚哇，有夠恐怖！剛才收到的訊息都是亂碼。LIVE會造成亂碼嗎？』

留言欄分成「會亂碼」和「不會亂碼」兩大派，回應「阿松」提出的問題。

……不過，「會亂碼派」的留言數量少得可憐，內容也模稜兩可。看來是觀眾故意惡作劇，想要讓直播主害怕。

『不好意思，這個狀況滿可怕的，請容我確認一下LIVE……嗚哇，本文也都是亂碼。嗚哇嗚哇，這是什麼情況？』

留言欄裡出現『怎麼了？』以及意思相同的留言。「阿松」無力地笑著解釋明明是對方傳來的訊息，卻顯示『已讀』的通知。

『各位，謝謝你們為我擔心～在這種時間點遇到這種狀況，真的滿恐怖的，不過應該是應用程式出差錯，用不著擔心。倒是我會努力走到那邊的出口～』

「阿松」展現出男子氣概，如此宣言後，勇往直前。他的步伐比剛才還要快速，傳達出他想要盡早離開隧道的心情。

『已設定目的地。』

「阿松」停下腳步，愣了一會兒。因為他手上的手機突然響起告知導航開始的播報聲。

「咦？」

他懷疑剛才的聲音是不是自己聽錯……不對，是自己神經過敏了。

然而，隧道內還隱約殘留著導航播報的女聲。

「阿松」企圖把餘音也認為是自己多心，不過，留言欄湧現至今為止最踴躍熱烈的發言，證實剛才的聲音絕非幻聽。

『剛才是怎樣？』『咦，為什麼導航啟動了！』『好恐怖好恐怖好恐怖！』『阿松塊陶啊！』『馬上回去吧。』『縺昂%縺縺�k繧薙〒縺吶。�溘　莉翫。繧芽。後〃縺縺吶�』『樓上神回覆啊。』『不要再直播了，趕快離開那裡比較好！』『絕對很危險。有一堆凶靈聚集在那裡。』

當然，當事人不可能一一查看這些留言。

因為一連串手機失常的狀況接踵而來，令他完全陷入恐慌狀態。

「啊，啊，事情大條哩……嚇死人嚕，快點回去唄，馬上離開這兒！」

也許是因為嚇得魂飛魄散，腦袋一片混亂的「阿松」吐出方言，剛才的說話方式已拋到九霄雲外，甚至忘記用手機拍攝狀況，全力奔跑。

他緊握著還在攝影的手機，返回來時路。

「阿松」看見停在原地的汽車，頓時鬆了一口氣，卻在這時撞到什麼東西，手機被彈飛。

「哇……哇啊啊啊啊啊！」

飛落的手機撞到隧道入口的牆壁，勉強只照到「阿松」的腳邊。

影片傳來他畏懼某種東西而發出慘叫的聲音。畫面映照出他的鞋子向後退，而有另一雙黑鞋正慢慢朝他逼近。兩對鞋消失在畫面外，隨後響起慘叫聲。

「哇啊啊啊啊……嘎咳啊！嘎喔，嗚喔喔……！」

用膝蓋想也知道，「阿松」遭遇了什麼事。

然後，像是嘴裡被塞進什麼東西般的痛苦濁音，在隧道中迴蕩。

影像在留言欄如驚濤駭浪般不停飛逝之中，突然轉暗，結束直播。

結束前一秒，聽見這句話：

『可以再來一碗嗎？』

十月十九日

失蹤的黑川至今仍下落不明，因此打算改成製作靈異特別節目。

由於坂口強行讓企畫通過，三緒和袋田便繼續承接靈異節目小組的工作。兩人聽從坂口的指示，來到資料室調查酷似的事件。

三緒祈求企畫書千萬別通過，但坂口從中斡旋，於是沒開什麼會，便受理通過。

就這樣，三緒的希望落空，按照指示來搜尋資料。

反觀袋田，來資料室時倒是幹勁十足。不過現在說到他嘛，則是坐在資料室的書桌前，一頭埋進資料夾，打呼嚕睡著了。

「開始調查才不過三、四個小時耶……真是受夠了～」

三緒辛酸地自言自語，無情地被歸檔的新聞報導所掩埋。

即使不斷嘆息，狀況依然沒有改變。

由於已經不是報導特別節目，離製作期限還有一段時間。

不過，面對懷疑是否有如繁星之多的無數事件資料，三緒只想著如何能逃避現實。

「唉，好想吃薄煎餅喔。放一堆巴西莓，旁邊附上煎香蕉的那種。」

思考甜點的事情，似乎是三緒逃避現實的手段。

眼前是進入夢鄉的袋田，以及資料室的資料、舊電腦和筆記本。

當坂口任命她為小組成員時，三緒只是單純地為有人需要自己的力量而感到開心。袋田似乎是爭取機會的心態比較強烈，相較之下三緒只是高興能加入小組。

為了不辜負期待，她盡力完成每一項工作。然而，驀然俯瞰現在手上的這份工作時，卻免不了會想，自己是否還是跳脫不了菜鳥的身分。

這次的特輯小組，並非只有三緒和袋田兩人。

其他還有採訪班、外景班等，都在各自做準備，蒐集資訊。小組的人數共有十一人。

也難怪她會懷疑自己是否只是在做雜務。

「啊啊，也好想吃生巧克力霜淇淋喔……對了，還有原宿的爆米花。」

完全不想面對現實的她，嚥了一口唾液。

就在她妄想著眼前擺滿享用不盡的甜點，露出幸福的笑容時，資料室的門突然被用力打開。

響亮的開門聲將三緒硬生生拉回了現實。回頭望去後，發現同組的西村麻由美氣喘吁吁地站在門口。

「西村，什麼事把妳急成這樣？」

「有重大事件，朝倉！妳和袋田一起到會議室來。」

不等三緒回答，西村便奔向下一個地方。

三緒只好搖醒袋田，與發起床氣，惡言相向的他一起前往會議室。

「黑川死了。」

坂口的這句話太過震撼，以致於三緒和袋田宛如網路連線不佳的影片般，停一下動一下，動一下又停一下。

由此可見兩人的內心波動之大。

「……你們這樣也是正常反應啦。」

坂口深深吸了一口菸，再深深地吐出煙霧。他難得面無表情，無法從中判斷出他的心思。

……不對，他這個男人本來就令人難以捉摸。明明平常會依照狀況不停變換表情和態度到誇張的地步，如今卻懶得做那種表面工夫，因此面無表情。

搞不好這才是他本來的面目。

現場的氣氛異常緊張，好比三緒的內心話曝了光，被所有人聽見一樣。

但這份緊張感，應該不僅只是因為坂口宣告黑川死亡的這件消息——三緒從坂口再次深深吸了一口菸到肺部的舉動推斷出來。

「雖然黑川死亡也是一件大事，但問題不只如此。」

坂口究竟打算要說什麼？儘管明白事態不簡單，但完全想像不出來，反而令人恐懼。

通常處於這種狀況時，三緒會好奇隔壁的袋田是什麼反應而斜眼偷偷觀察，但緊張的氣氛不允許她這麼做。

不可以聽，聽了就沒有轉圜的餘地了。

不過，坂口卻對無處可逃、無力抵抗的三緒開口說道：

「黑川的屍體，臉部似乎被挖空。被挖走的臉孔目前還沒找到。」

坂口的語氣不帶任何感情，比以往從他嘴裡接收業務指令時還要冰冷。就連袋田也沒有插嘴。這一點，三緒也一樣。

「說到這裡，你們應該已經了解。不好意思，這次原本打算更改路線繼續製作的企畫案也泡湯了。一波三折，這是根據狀況改變而做出的判斷。抱歉啦。」

兩人從最後這句「抱歉啦」，感受到坂口本人的無奈，因此也只能老實接受這個事實。

雖然坂口對待兩人的態度有時強硬又暴力，但這還是他第一次對兩人道歉。

不得不認同這次企畫泡湯實在是迫於無奈。

當天晚上，三緒難得答應袋田的邀約，來到串燒店。換作平常她早就拒絕了，但唯有今天她覺得兩人的心境相同，因此才答應。

袋田一走進店裡，也不問三緒喜歡還是討厭吃什麼，便自顧自地點了一大桌滿滿的料理。然後，在料理擺滿桌後，他立刻在桌子中央扔下一句令三緒懷疑自己是否聽錯的話。

「啊，妳吃不完剩下來也沒關係，反正費用是平均分攤，吃虧的是妳自己。」

聽到這句話，有兩點不滿刺激三緒疲憊的腦袋。第一點是「不是你請嗎？」而第二點則是「只有飲料有點到我喜歡喝的。」

——我是後輩，而且是你約我的，不請客就算了，點了一堆自己喜歡的菜，還要分攤？我是沒期望你請客啦，也打算自己付錢，但你有必要把話說得那麼難聽嗎？

牢騷與不滿快要從三緒的體內爆發。本來自我安慰袋田並沒有惡意，但事到如今，三緒反而對「沒有惡意才是最大的惡意」感到氣憤。

「我說，袋田！」

「別說，我明白。」

三緒的理智線斷裂，打算這次一定要數落他而開口。袋田卻發出比她更宏亮的聲音覆蓋過她說的話。

然後，將桌子中央一盤雞肉丸串燒遞給她。

「吃吧。妳想要拿一串吧？」

從這天起，三緒真心瞧不起袋田，認為他真的是蠢到無藥可救。當然，是在心中……就是了。

不過，她還是姑且接受袋田的好意，畢竟人家眉開眼笑地將雞肉丸串遞給她。三緒判斷今晚沒那麼快散會，便點了第二杯威士忌蘇打水。

「受不了，別因為黑川死了這種小事就取消企畫啦！」

「喂，袋田，你這樣說太不妥當了！就不能說得再婉轉一點嗎！」

「妳很煩耶！碎唸個不停，妳是我老媽嗎！」

袋田一口咬下原本說要給三緒的雞肉丸，鼓著臉頰，敘說自己一貫的意見。

「不要像平常人一樣說什麼人死不妥當的話啦！我們是靠製作節目，交貨，讓觀眾開心來吃飯的。是真是假，那種事情交給看的人決定不就好了。不管黑川是怎樣的死法，不把它公諸於世的話，有誰會知道真相的重要性啊。而且就算有像妳這種去管別人不該對死者說三道四的人，每天還是照樣有人在死。明明因為紛爭、意外、生病，每天都有一大堆人死掉，為什麼被殺死的人就有特別待遇啊，蠢斃了。」

面對袋田滔滔不絕的抱怨，三緒目瞪口呆。她想要反擊袋田，卻無言以對，只能有如池中渴求飼料的鯉魚，嘴巴一張一合。

袋田咬了一口雞頸肉，對三緒說：「看吧，沒辦法反駁我吧。誰教我所說的是真理。」接著向店員加點了炸雞塊和啤酒。

「不吃給我吃。」甚至搶走放在三緒面前的雞翅膀，大口咬下。

「你怎麼一直在吃……」

「不行嗎？心情煩悶的時候就是要大吃大喝大睡。妳也吃啊。啊，該不會是怕胖吧？別擔心，像妳這種陰沉的女人，沒有人看得上的啦。」

「啥？你憑什麼說我啊！你自己連個女朋友都沒交過，還敢說沒人看得上我！」

袋田停止咬食物的動作，沉默了片刻。然後抬起頭，眼神銳利地瞪視三緒，用拳頭敲打桌面。

「你、你幹嘛！」

「誰告訴妳的！誰告訴妳我沒交過女朋友的！」

「咦，你真的沒交過喔……這麼慘啊～」

三緒對他投以不快與輕蔑的表情和眼神，令袋田滿臉通紅，甚至紅到耳根子去了。不過，那也只有一下子，他隨後便把三緒說的話當作耳邊風，開始專心一意地大快朵頤。

「無所謂啦，倒是妳看過這個了嗎？」

袋田用啤酒將料理灌下肚，休息了一下後，秀出自己的手機螢幕。

三緒來回望了望滑到自己面前的手機螢幕和袋田的臉龐時，袋田不悅地扔下一句：「幹嘛啦？」

「啊，沒有啦。我擔心我一拿起手機，你又會罵我說，不要隨便偷看別人的隱私……」

「妳當我是什麼人啊？少囉嗦，叫妳看就看！」

——會讓別人這樣看你，是你自己害的吧……

三緒一邊注意自己是否有下意識地脫口說出心裡話，戰戰兢兢地拿起手機，望向螢幕。

不過，畫面並沒有什麼特別之處，只有一排新聞標題而已。

「什麼？只要看新聞就好了嗎？」

「不是有個標題寫說網紅怎樣怎樣的嗎？」

袋田發出咬碎炸雞塊軟骨的聲音，沒好氣地說道。三緒用視線尋找袋田所指的標題後，在從上面數來第三個顯眼的部分找到。

「『人氣網紅在靈異直播中下落不明』……？你說的是這個嗎？」

「對。」

三緒瀏覽報導內容。網紅到福岡縣山中的某個靈異地點探險直播時，在一千多人的收看下，失去了蹤跡。

在社群網站報告當時狀況的使用者駱驛不絕，而每個人發表的意見都是「殺人」而非「失蹤」。

警方並沒有公開詳細情形，但本臺採訪了一位觀看直播的觀眾，據說直播中頻頻發生不可思議的事，有一名穿黑色鞋子的人物用凶器攻擊了他。

「在一千多人的面前失蹤……不對，是被殺？」

「怎樣都無所謂啦，但妳不在意那名穿黑色鞋子的人物嗎？」

袋田恐怕是想說「黑川的鞋子是黑色的」吧。不過，光憑這一點就懷疑與黑川有關，未免太過薄弱了。

這個男人有時候會像剛才那樣直率地說出真理，但也有單純到令人懷疑他是否沒帶腦子出來的一面。

而目前，後者的機率高得可憐。

「你想說黑川先生……的鞋子是嗎？」

三緒用推測的語氣替他說出大致上的見解，詢問袋田。

「妳傻啊。別看我這樣，我可是現實主義者。我不相信這世上有鬼或是外星人那種東西。倒是相信恐龍還活在地球的哪個角落就是了。除此之外，我只相信我這雙眼睛看到的東西。」

「那你到底想說什麼？」

「我也不知道，就覺得應該有關係。雖然沒有根據，但這個網紅失蹤跟發現黑川的屍體是同一天。」

「……恕我直言，剛才你自己不也說了？每天都有好幾人因為某種原因死亡。既然如此，發現黑川先生的屍體跟這個網紅失蹤是同一天，也沒什麼好奇怪的吧？」

「聽我說完，陰沉女。」

袋田夾起雞皮餃子蘸著醬汁，罵了一句沒必要的醜話。

面對袋田的毒舌，三緒感受到自己的理智線繃得很緊，努力催眠自己「這個人腦殘，別跟他計較」而忍耐下來。

「今天被坂口先生叫去，離開會議室後，我還是無法接受，又回去找坂口先生。本來想跟剛才一樣對他說別因為黑川死掉這種小事就讓企畫泡湯。結果，我聽到坂口先生好像在跟東都電視臺的長尾先生講電話。就在當時，我不小心聽見『發現黑川屍體的場所』。」

「發現黑川先生屍體的場所？」

「沒錯。黑川的屍體是在福岡縣的山裡發現的。詳細情況似乎沒有公開，但肯定是在那個靈異地點附近。」

三緒覺得靈異地點這個詞不久前才聽過，便開始回想到底是在哪裡聽過。

想沒幾秒，三緒便「啊！」地發出短促的叫聲。

「靈異地點直播……」

在店員送來一開始所點的什錦鍋飯時，袋田幾乎同時回答：「妳認為這也是偶然嗎？陰沉女。」將啤酒一飲而盡。

三 真壁駿

十月二十一日

滂沱大雨的午後，警察造訪三緒等人任職的波吉特股份有限公司，查問有關黑川的事。

公司尚未正式宣布靈異特別節目製作中止一事，因此刑警來訪時，除了三緒和袋田等特別節目小組以外的職員，都不知道這個決定。

雖然承包製作新聞節目中會使用到這類題材，但鮮少引來警察關切。

因此惹得公司裡人心惶惶，而這種情況更在刑警傳喚三緒和袋田後達到顛峰。

「我是警視廳搜查一課的真壁。」

真壁簡單地自我介紹，並且在兩人面前縱向攤開只在連續劇和重現VTR中見過的警察證，三緒明白這並非拍攝或是道具，而是如假包換的真實場景。

三緒以平常心回答警方針對黑川的提問，倒是袋田表現出前所未有的緊張態度。

雖然三緒對袋田過去的人生並不感興趣，但看來他對警察沒留下什麼好的回憶和印象。

「唔，果然幾乎沒有交集呢。順便問一下，你們連繫黑川先生，是要請他協助什麼樣的節目題材呢？」

三緒煩惱了一下該如何回答這個問題，但總不能對刑警說謊吧。看見袋田慌張的態度後，三緒更加堅定了這個想法，便老實說出節目企畫的事。

「原來如此。黑川先生說他握有關於在各地發生獵奇殺人事件的有力資訊。然後在你們約好採訪的隔天就失去音訊。話說回來，黑川先生有提到關於ＬＩＶＥ的事嗎？」

「ＬＩＶＥ……嗎？」

聽見完全出乎意料之外的單字，三緒回答：「我不太清楚呢。」

「唔，這樣啊。」

真壁露出不相信任何人般的眼神，揚起嘴角笑道：「謝謝你們的配合。」

（……是因為知道黑川先生被發現時也是呈現「挖臉屍體」的狀況，才露出這種表情嗎？）

儘管是瞎猜，三緒還是不由自主地想像起坂口所說的黑川屍體。

由於殺人手段實在過於殘忍，不管三緒的想像再怎麼天馬行空，也無法寫實地想像出屍體的臉部。

雖然三緒因此感到慶幸，但獵奇殺人的淒慘屍體、逍遙法外的凶手，以及……

「請問……這次黑川先生的死，也跟其他事件有關嗎？」

真壁變換眼神，望向三緒後反問：「其他事件？」看見他一百八十度大轉變的表情，三緒如鯁在喉，再也說不出話來。

真壁表情所隱含的意義如下：

「你們手上可能握有什麼奇妙的消息，但這起事件跟你們無關，別來窮攪和。在節目上把警察當白痴，挖消息倒是跟土狼一樣。」

雖然不知道三緒解讀出多少訊息，但至少真壁的表情強烈散發出「別再問下去」的氣息。

「沒事，當我沒問。」

真壁這次瞥開視線，愛理不理地回答三緒：「是嗎？」允許她留下袋田一人離開房間。

其他職員在工作的空檔注視著從會議室走出的三緒。正因為所有人都知道他們之前負責的題材是什麼，才推測出應該是發生了什麼不得了的大事。

三緒受不了大家幾近好奇的視線，逃也似地走向資料室。

她自然而然加快腳步，聽見背後傳來坂口的呼喚聲。回過頭後，便看見坂口搔著頭笑道：「妳是頭一次被警察盤問吧？」

「坂口先生……我好累。」

「我想也是。就算在調查事件時跟警察打過交道，也很少以事件關係人跟警察接觸。辛苦啦。」

三緒覺得拐著彎在說「這個經驗不錯吧」的坂口令人怨恨，先不論過去已發生的事，一想到之後不用再跟這起事件有所牽扯，她的心情就輕鬆了一些。

然而，當袋田在會議室被盤問完後，跑來跟她說真壁找她時，她便領悟到現況並沒有那麼輕易地放過她。

「不好意思啊。我本來以為我想問的都問完了。」

儘管真壁笑容可掬，但三緒對他的印象還停留在剛才懷疑人的態度，無法坦率地面對真壁。她巧妙地掩飾自己想要快點遠離這個男人的真心話，半笑不笑地回答：「沒關係。」

「但我發現漏問了一件事。哎呀，真是丟臉啊。不是什麼大事，只是我還有另外一樣東西想請兩人過目……」

真壁拿出來讓兩人看的是一本書。廉價的裝訂和封面，書名是《驚嚇地點指南》。

「……？這是什麼？」

「你們對這本書有印象嗎？」

用厚封膜包裝的那本書，只能確認封面、封底和書背，無法翻閱內頁。但三緒和袋田對那本看似隨處都有在販賣的書籍毫無印象，也不曾看過。

『離目的地還有二十八公里。沿路前行十二公里。』

真壁的口袋突然響起一道導航聲。

讓兩人聽見手機聲的真壁難為情地莞爾一笑後，明明沒人問他，卻逕自解釋道：「我的手機從昨天就有點怪怪的。」

「擅自開始導航，真是傷腦筋。話說回來，你們對這本書有印象嗎？」

「不好意思，我沒什麼印象。」

「我也是。便利商店有一大堆類似的書，誰知道有沒有看過。」

或許是偵訊結束而感到安心吧，等三緒意識到時，袋田已經恢復以往一貫的態度，令她感到無限遺憾。

真壁聽見兩人的回答後，也露出認為沒有收穫，有些遺憾的表情回應道：「是嗎？」

「占用你們的時間了。接下來詢問你們的主管兩、三件事後就結束了，請回去工作吧。」

受到真壁的催促，兩人站起身。

不過，當三緒正要回到工作崗位時，從真壁口袋傳來的導航播報聲卻始終縈繞在耳邊。

『離目的地還有十六公里。沿路前行十四公里。』

真壁回去後，坂口在波吉特內部召集職員，一併宣布三件事。那就是從頭解釋這次的來龍去脈、企畫案泡湯，以及三緒和袋田等人的特輯小組正式解散。

由於小組解散，突然閒下來的三緒，湧現一股莫名的虛脫感。不過同期的同事長谷部沒有理會她的心情，好奇心旺盛地詢問她：「剛才警察問妳什麼？」

長谷部並未從三緒的表情解讀出她複雜的情緒，毫不客氣地直搗核心。

由於事情遲早會曝光，三緒老實說出黑川的事後，沒想到長谷部卻表情一亮，更加拉近與三緒之間的距離。

「不會吧，真的假的啊？超恐怖的！咦，咦，那挖臉事件還會繼續出現受害者嗎？」

長谷部一點也不顧慮別人的眼光，自顧自地喧鬧了起來。三緒想轉移話題，張望四周瞧見對桌的其他同事正在滑手機。

「我問你喔，手機會自動開啟導航嗎？」

正在詢問三緒偵訊狀況的長谷部，擺出有些不悅的表情，仍然循著三緒的視線望向那名同事。

「也不是不可能啦。畢竟是觸控式螢幕，難免會誤觸，不小心開啟導航程式吧。這不重要啦……」

長谷部隨意回答後，繼續提問，試圖回到正題。三緒只隨口附和了一聲後，回想剛才真壁手機發出的導航聲。

十月二十九日

「呃……我是來請大家幫忙協助調查的。」

說話不乾不脆的男子造訪波吉特。

面對最近訪客莫名增多的情況，幾名職員嘆了一口氣，心想「又來了」……而且這次上門的是兩名警方人員。

但當中最無奈的，不外乎是坂口以及三緒他們的小組人員。

「節目小組都解散了，為什麼還要一而再再而三地來煩我們啊！好歹也考慮一下我們的意願吧！」

每次警察上門，袋田必定心情惡劣，而三緒也跟著受影響，心情不太美麗。事實上，並非在專案宣告解散後，一切事情便就此告終，還有所謂的後續處理。

雖然因為這次的專案破例受到提拔，但資歷尚淺仍是不變的事實。後續處理跟收尾相關工作，自然是落到了三緒和袋田的頭上。

小組的其他前輩已經分配到別的業務，只有兩人在小組解散後，還無法完全撇清關係。

所以三緒和袋田才會特別無精打采。

「啊～你們好，我是一課的市原～不好意思，在你們工作中上門打擾。」

原本就情緒低落的三緒和袋田，聽見市原拉長的語氣感到不耐煩，同時沉默不語地點頭示意。

「上次其他刑警才來過，是要問同一起事件嗎？」

「是、是啊……不過，這次不是為了黑川先生的事件而來……」

市原說話莫名地口齒不清，三緒對此感到疑惑。而寡言的袋田似乎打算全部交由三緒回答，站在她身邊一語不發。

「呃，今天坂口先生……不在嗎？」

三緒知會市原，坂口到東都電視臺開企畫會議。於是，市原回答：「這樣啊、這樣啊～那真是遺憾呢～」搔了搔鼻子後，看向三緒和袋田。不是直盯著看，而是瞥個幾眼偷看。

市原不理會感到不自在的兩人，逕自開口：「然後啊……」

「關於上次拜訪貴公司的真壁啊～」

這問題真是出人意表。兩人還以為刑事鐵定是為了黑川的事再次造訪。看來似乎正如剛才市原口齒不清所說的那一段話一樣，完全是為別件事而來的。

「您想問……真壁先生的事嗎？為什麼不問黑川先生的事，而是問真壁先生？」

市原在只有他們三人的會議室裡東張西望，然後刻意將臉湊近三緒和袋田，輕聲說道：

「那個……請你們不要告訴其他職員。其實上週造訪你們公司的真壁如今下落不明。」

「下落不明？」

三緒不明白市原的言下之意，複誦語尾反問道。

「你是說那個刑警不見了嗎？」

袋田看見三緒和市原的互動後，似乎終於按捺不住，開金口直接詢問。觀察反應後，市原還是一副難以啟齒地囁嚅道：

「算是這樣吧。」

之後，市原向兩人問了幾個真壁拜訪公司時的事情後，便打道回府了。前後大概花不到十分鐘吧。

不過，市原離去後，三緒與袋田兩人之間充斥著難以言喻的氣氛，內心仍然很不是滋味。走出會議室後，有一名疑似職員的男子恰巧經過通往辦公室的通道。他與三緒四目相交後，不知為何突然走近三緒。

男子刻意壓低音量對她說：「妳知道嗎？」心情還很低落的三緒隨口回應道：「有什麼事嗎？」然後傾聽男子的回答。

「聽說之前來公司的那個叫作真壁的刑警，已經死了。」

「咦咦！」三緒不禁大叫出聲，望向男子。

男子的鼻子下有一顆痣，長相富有特徵，平板的單眼皮雙瞳給人一種晦暗陰鬱的印象。在三緒對男人抱持著這種感想時，感覺男子嘻嘻笑了一下。

「你怎麼會知道這種事……」

「朝倉，分鏡資料在哪裡？」

辦公室傳來前輩呼喚三緒的聲音，三緒朝辦公桌的方向答道：「啊，我馬上來！」隨後轉回頭時，剛才還在的男人已不見蹤影。

「咦，奇怪？跑到哪裡去了？」

三緒左顧右盼，卻找不到他。於是懷抱著無法釋懷的心情，趕到呼喚自己的前輩職員身邊。

「朝倉，妳愣在那兒幹嘛？」

三緒聽見袋田的聲音回過頭後，便看見那張眼熟可恨的臉。

三緒交付完前輩所需要的資料後，佇立在自己的辦公桌前沉思，似乎被袋田看見了這一幕。

三緒心不在焉，隨便回應了一下袋田，同時想起剛才那個男人所說的話。

袋田露出疑惑的眼神望向三緒後，三緒像是突然墜落到辦公桌下似地，猛然坐到辦公椅上。然後在網路的搜尋欄上鍵入「真壁　刑警　死亡」，按下確認鍵。

「……沒有任何資料。」

「啥？妳在幹嘛啊？應該說，妳幹嘛隨便殺死人啊。」

三緒刪除原本鍵入搜尋欄上的文字，這次則是打上「刑警　死亡　十月二十一日」。然而，結果還是一樣，完全沒有搜尋出她所渴望的資訊。

「果然是我太當真了嗎……」

「搞屁啊，妳幹嘛從剛才就一直不理我！妳在調查什麼啊！告訴我，笨蛋！」

「剛才有一個陌生的男職員告訴我真壁刑警死了。但是剛才市原刑警只說他下落不明，我覺得很詭異，就查了一下……看來果然是亂說的。」

「啥？妳還在那裡疑神疑鬼的喔！妳也差不多該回歸現實了吧！我們還必須負責下一個節目製作好嗎！」

面對這粗暴的話語，三緒正想回答「是這樣沒錯啦」，但話還沒說出口，袋田已快步離開。

袋田的辦公桌應該不在三緒的附近，為什麼他會跑來這裡？

……三緒內心湧起不祥的預感，心亂如麻，以致於她沒有將袋田拐彎抹角，難以察覺的關心方式掛在心上。

不過，這時三緒並沒有發現。

搜尋欄下方出現的一條條新聞消息中，跳出「發現男網紅遺體」這個標題。

四　松永誠也

十一月一日

折疊式掌上型遊戲機的螢幕上，出現軍人打扮的遊戲人物，手上還拿著槍。在幽暗街頭行進的人物，看見突然出現的殭屍，便毫不猶豫地射擊。

殭屍頭部和胸口噴出赤黑的血液倒下，但隨後又出現另一隻殭屍朝人物攻擊而來。而人物對接下來出現的殭屍也照上述流程富有節奏地立刻將對象變成死屍。前進沒幾步，便重複上述動作。

「誠也。」

從飄散著線香香味的客廳呼喚這個名字的，是享受殺殭屍快感的人物分身，玩家松永誠也他的母親。誠也聽見後，蓋起遊戲機答道：「來了～」然後在通道上奔跑。

「誠也！不可以用跑的！」

「啊，抱歉。」

誠也上半身穿著POLO衫，外搭背心，打著黑色領結，下半身則是穿著黑色短褲和襪子，一副兒童弔唁服的打扮。

往他的背後望去，可以看見一排穿著喪服的大人正在燒香。燒香的前方擺著一張男性遺照，和一副緊閉棺蓋的棺材。站在棺材旁，穿著喪服的女性，正對誠也招手。

「媽媽，有什麼事？」

誠也跑近母親身邊，詢問呼喚他過來的理由。於是，母親彎下腰，將頭壓低到誠也視線的高度後說道：「我們一時半刻還沒辦法回家，你自己去阿亮叔叔的房間玩。」

誠也回答：「我知道了。」跑向位於三樓內側的房間。

「我不是說過不可以用跑的嗎！」

早已把母親的告誡當作耳邊風的誠也，跑上二樓、三樓後，打開位於內側的房門，東張西望地尋找有沒有什麼好玩的東西。

但用一句話來形容這個房間，還真是乏味至極。

房內非常簡樸，只有一張床和最起碼所需的家具和家電，以及格格不入的大書櫃。

房內沒有什麼特別吸引人的東西，因此誠也的腳步自然而然地朝書櫃移動。

書櫃上擺得密密麻麻，幾乎都是恐怖、靈異相關的書籍，其餘還有漫畫、雜誌，以及恐怖DVD和藍光光碟等物。

十一歲的誠也對這些東西不太感興趣，但因為無事可做，只好從左到右查看有沒有哪一本書比較容易閱讀。

「啊！這本好像滿好讀的。」

他找到一本裝訂簡單，小學生的他似乎也能閱讀的書籍，便踮起腳尖拿出來。

已故之人「松永亮」的弟弟俊成，在用來當作葬禮會場的客廳內部房間，和親戚一起喝酒。追憶故人，談論往事，場面熱鬧喧騰。

談的都是些和故人在老家一起生活時發生的趣事和故人的個性等，盡可能開心地炒熱氣氛。否則感覺會被悲傷和悔恨壓垮。

不只弟弟，其他親戚也有同樣的想法。

誠也的母親負責接待的會場上，啜泣聲不絕於耳，從棺蓋緊閉的情況看來，甚至無法瞻仰死者的遺容。

由於來參加喪禮的大半弔客無法得知棺材中的遺體狀態，勢必大多以為這只是普通的葬禮吧。

只有俊成和幾名親戚知道棺材裡的阿亮是何種狀態。

所以，俊成如果不借酒澆愁，恐怕會忍不住呼天搶地。

這時，俊成的兒子誠也小跑步過來，遞給俊成一本書。

「爸爸，這個恐怖嗎？」

俊成看見兒子拿來的書，大聲笑了笑後回答：「這個完全不恐怖，別擔心。」然後把書秀給在場的人看。

《驚嚇地點指南》

「就是因為他老是看這種噁心的書，才會到死都找不到老婆。」

聽見俊成的發言，在場的每個親戚都發出笑聲。

「我可以看嗎？」

俊成異常爽朗地回答誠也：「可以啊！」接著在空酒杯倒滿日本酒，碰的一聲，將容量一升的酒瓶放回桌面。

「買這種書，上網調查，特意跑去幽靈會出現的地方……就是因為不懂得掌握分寸，才會死掉的。」

說完後，他將杯中的日本酒一飲而盡，吐了一大口充滿酒臭味的氣息。

「你知道這裡是哪裡吧，說這種話太不得體了。」

「就是說啊，我明白你的心情。但這種話不該對亡者說吧。」

同桌的人紛紛勸告俊成。

「……所以說早點結婚不就得了嗎？就是因為單身才會沉浸在自己的喜好之中。」

「他對女人好像也沒什麼興趣呢。」

「他做的是網路相關的工作，人際關係封閉，而且薪水還不錯，還有什麼好嫌的。倒是他那種死法……」

沉默在現場蔓延，飄散著陰鬱的氣氛，彷彿透明的日本酒染上了墨水般的黑暗。

「警察怎麼說？」

「驗屍的結果，據說是活生生地被挖空臉部。」

俊成喝光杯中物，將黑暗一掃而空，自暴自棄地說道。

看來他已醉得不輕。不過，身邊的人聽到這衝擊性的告白後，只能鐵青著臉，沉默不語。

「聽說大哥他啊，是活生生地遭到園藝用的鐵鍬刺進臉部，整張臉都被挖掉了！」

「咦，園藝用的鐵鍬嗎？」

俊成的口中吐出莫名其妙的詞彙，坐在他對面的一名男性親戚不禁開口詢問。

「是啊，警察叫我不要對外宣揚。挖掉我大哥臉部的凶器，據說是園藝用的鐵鍬。就算警察要我認屍，我也不知道要認哪裡。因為整張臉都被挖掉了，我怎麼知道遺體的鼻子下方有沒有黑痣。

我當初拚命地想否認這不是我大哥，但就算沒有臉，家人還是認得出來……根本無法否認。這世上怎麼會有人做得出這種慘無人道的事。不可原諒，真的不可原諒……」

俊成緊握拳頭死勁捶打榻榻米，原本噙在眼眶的淚水因振動而從臥蠶掉落到大腿。黑色西裝褲上暈開了一道宛如湖泊般的淚漬，滲出的是悔恨與遺憾。

看見俊成這副模樣，所有人都無言以對。不過，凶手以園藝用的鐵鍬剜挖人臉的殘酷和異常，以及至今仍逍遙法外一事，更令他們感到不安與產生無以名狀的恐懼。

「俊成，那個……有刑警來了。」

「搞什麼啊！對方難道不知道今天是什麼日子嗎！會不會挑場合啊！」

俊成大聲怒吼後，前來通知他的妻子露出難以言喻的表情，垂下眉毛詢問俊成：「那現在該怎麼辦？」

「我去，我去總行了吧。聽好了，在我過去之前，不要讓那個刑警踏進家門！」

俊成拿起容量一升的瓶裝日本酒，把酒倒進酒杯約三分之一後，一口喝光，然後走向刑警造訪的會場外。

俊成離開後，剩下的親戚在室內壓低聲音，像在說鬼故事一樣，七嘴八舌地討論起故人的死亡之謎。

「啊啊，你好～」

造訪松永亮葬禮的，是前幾天訪問波吉特的市原刑警。

「你知道這裡是哪裡嗎！你來這裡幹嘛！」

情緒激昂的俊成扯開喉嚨，大聲指責市原。成為箭靶的市原邊縮起背部道歉：「不好意思，我問一下話就離開。」邊深深點頭示意。

「我知道我這樣很冒昧失禮……但我是警察，想要阻止今後再發生這種事件。」

俊成帶領市原到外頭較隱密的場所，盡量壓低音量。

「所以，大哥的臉找到了嗎？」

酒精助長他的情緒，語氣粗暴地提問後，市原搖了搖頭。

「沒有，完全沒消息。」

「完全沒消息！你這樣還敢說你是警察，想阻止再次發生這種事件！」

「請您不要這樣嚇唬我。為了令兄，警方也想盡早抓到凶手～所以，儘管知道受害者家屬心情悲痛，我還是厚臉皮地上門請求您的協助～」

俊成刻意大聲咂了咂舌，讓市原聽見，從胸前的口袋拿出香菸，抽出一根含在嘴裡，尋找打火機。

「不介意的話，請用～」

市原發現俊成正在找打火機，便拿出自己的幫他點火。俊成露出有些奇妙的表情，將煙吸進肺部。

「我想請問您兩件事。」

市原說出這句開場白後，臉上浮現吃人般兇狠的笑容，凝視著俊成，切入主題。

「首先是關於發現令兄的地點～」

「地點？不是練馬嗎？」

「是練馬沒錯……但是不知道他是怎麼跑到練馬去的。」

俊成聽警方說，他哥哥阿亮的遺體，是在東京的練馬發現的。

俊成等死者家屬，先前已告訴警方不明白為何住在福岡的阿亮，遺體會在練馬被發現。最後推斷應該是牽扯進某起事件。

「不是被凶手擄走嗎？」

「可是這樣未免太不自然了……啊，不是，我會這麼說，是對令兄的車子依然停在福岡的山裡感到奇怪。不過，這樣倒也是能解釋成被凶嫌帶走。」

「啥？除此之外還有其他可能性嗎？」

市原走近俊成，將俊成手中香菸所冒出的煙霧一分為二。他站到俊成的身後，在俊成的耳邊低語道：「他的鞋子啊，磨損得非常嚴重。」

「鞋子嗎？這有什麼好奇怪的嗎？」

「怪就怪在，經過鑑識科的調查後，檢驗出福岡和東京都沒有的植物葉片和泥土……而且，您知道令兄的死亡推定時間是在十月二十八日的凌晨嗎？」

「別拐彎抹角的，想說什麼就直說吧。」

「好的、好的，真是不好意思。家人跟同事也經常嫌我廢話太多～那我就長話短說了。將驗屍結果和狀況證據比對後，結果令人難以置信……令兄似乎是從福岡走到東京的。」

俊成不由得大聲反應道：「什麼？」說完後，舉起手對朝這裡行注目禮的弔客道歉：「不好意思，沒事。」露出苦笑。

「那怎麼可能嘛！就算是真的好了，在他從福岡走到東京的途中，總會被人看見吧！」

「沒錯、沒錯，照理說應該會這樣。但問題就出在這裡～從狀況來判斷，他就是從福岡走來東京的，但卻完全沒有人目擊到，也沒有任何監視器拍攝到他的身影。我好歹是警察，已經滴水不漏地調查過了，卻得出這種結果。」

聽見市原的話，俊成儘管主張不可能，但其實他自己也對這一點抱持疑惑。

阿亮是在十月十二日的深夜失蹤的。

經過兩個星期以上的空白才發現他的屍體，這段期間卻遍尋不著他的蹤跡。

然而卻在八竿子打不著的練馬發現阿亮面目全非的遺體，這一點令人費解。當然，就臆測來說，剛才俊成所提的「被第三者帶走」的論點可能性最高。但若是依照市原所說的「走到東京」，則是完全不合理。

「我不太喜歡在調查案件時公開許多警方內部信息，但我個人也想快點掌握線索……我還要告訴您一件事，請您務必保密。令兄死亡的日期確實是十月二十八日沒錯，但傷口腐爛的程度來看，極有可能是在兩個星期前……恐怕是失蹤的十二日那天被挖空臉部的。」

俊成的腦海裡，將最近轟動社會的那起事件，與阿亮失蹤當天進行的「靈異地點直播」連結在一起。

俊成感覺全身失去血色，背脊發涼。

儘管不敢相信，但他現在的心情比較傾向哥哥的死是基於某種超常的理由，更勝遭人殺害。

「看樣子，弟弟您也沒有頭緒呢……真是遺憾。那麼，不好意思，再請問您一件事……」

市原從俊成的反應判斷沒有收穫後，從胸口拿出一張照片，遞給俊成。

「不曉得您認不認識這個人？」

那張照片上的人物，是市原目前失蹤的同事，真壁。

「這是誰？我不認識耶。」

「哎呀，這樣啊……」

從市原的反應看來，比起阿亮從福岡走到東京這個問題，真壁的事情才是他真正想問的正題。

「那個……不好意思，你專程過來，卻沒有幫上忙……」

俊成發現市原不僅把不能洩漏給外部知道的消息告訴自己，還專程為此從東京遠道而來，便改變態度向他致歉。

市原看見低頭道歉的俊成，揮動雙手，不好意思地答道：「別這麼說，快請抬起頭。其實失禮的是我～」

「不，雖然他個性乖僻，卻是我的好大哥。你專程為了我大哥還有我們這些遺族遠道而來……就算我喝酒醉也不該對你說一堆失禮的話，真是對不起。」

市原面對俊成低過自己的後背，本來打算說些謙遜的話語回覆，卻發現俊成正低著頭哭泣，因此便不再發言。

他是一介無力的小市民，只用自己的方式對家人荒唐的死懷抱無盡的悲痛。

排除市原是警察組織的人這一點，他的處境又何嘗不同。

一樣是哀悼同事之死，同時又懷抱著萬一他還活著的希望，單獨繼續調查的渺小人類。

只是，他能行使的公權力比一介市民還大。市原希望將權力利用得淋漓盡致來拯救同伴。

只有他極為親近的人，才知道市原這個人的本質是這種個性。比方說，真壁駿就是其中一人。

「那麼，不好意思。我就此告辭……在令兄以那種形式過世，您正感到傷心的時候來打擾，真是非常抱歉。」

儘管市原並不對自己在葬禮時不請自來一事感到歉疚，但卻因為其他事情而對俊成懷抱歉意。因為他幾乎是公私不分地在調查真壁的事情，卻意外導致俊成誤會。這一點令市原自己良心十分不安。

「爸爸。」

背後傳來少年的呼喚聲，俊成聽見後連忙拭淚，向市原介紹：「這是我兒子。」俊成摸了摸過來這裡的誠也的背，催促他：「快點打招呼。」

「你好。」

「啊啊，你好啊。你這小朋友看起來真聰明。」

「才沒有，我只有國語最拿手，一點兒都不聰明。」

市原面帶微笑附和了一句：「是嗎？」正打算轉身離開時，瞧見誠也手上拿的書。

「你讀的書好像很可怕呢。我看看，叫作《驚嚇地點指南》……？」

「喔喔，我大哥是個靈異迷，甚至會在網路查詢靈異地點，然後到現場直播。他房裡全是這種書。」

市原回應：「那還真是特殊的興趣呢。」接著朝阿亮的遺照深深一鞠躬後，便離開松永家。

「我問你，這裡的漢字要怎麼唸？」

誠也翻開驚嚇地點指南，指出某頁的文字詢問俊成。

「嗯，什麼？『夜葬』？這個應該是唸YASO吧？」

「這樣啊。」

『♪』

一開始響起通知音的，是誠也的手機。現在的小學五年級生基本上都有手機。

誠也從口袋拿出手機時，俊成的手機也幾乎同時響起ＬＩＶＥ的通知音。

「這是什麼？爸爸你看。」

「等一下，等我先查看自己的手機。」

傳送到俊成手機的訊息是『縺昂%縺縺�k繧薙〒縺吶。�滀　莉翫。繧芽。後〃縺縺吶�』，俊成皺起眉頭疑惑道：「亂碼嗎？」訊息便立刻顯示『已讀』。

「爸爸，傳來的好像是中文訊息，明明是對方傳來的，卻顯示已讀。」

誠也在一旁說出和俊成如出一轍的遭遇。

俊成窺視隔壁的手機螢幕。上面顯示出和自己收到的訊息一模一樣的文字『縺昂%縺縺�k繧薙〒縺吶。�滬　莉翫。繧芽。後″縺縺吶�』以及文字旁的已讀小字。

「這是怎樣？現在流行傳這種無聊當有趣的訊息嗎？」

誠也的手機機種跟家人一樣，響起的通知音也相同。所以通知聲在附近響起時，會分不清是從哪支手機發出的。

『咚　已設定目的地。』

因此，當這句播報聲同時響起時，兩人便一齊看向手機。擅自啟動的導航，所設定的目的地是俊成和誠也所在的松永家地址。

出發地是……「練馬」。

「俊成……奇怪？」

當俊成的妻子幸實走進俊成剛才與親戚喝酒的房間時，已不見俊成的身影。不過，除了俊成之外的其他人都在邊喝酒邊閒聊。

「喔喔，妳找俊成嗎？好像有客人來找他，他去玄關了。」

一名鬆開領帶、盤腿而坐的男子告訴幸實後，坐在他隔壁的中年女性轉頭朝掛在牆上的時鐘望了一下。

「話說回來，已經去了很久了，還沒回來耶。誠也也跑去找他。兩人大概溜去咖啡廳了吧？畢竟小孩子應該會覺得葬禮很無聊。」

幸實聽了女性的話，認為確實有那種可能，同時也對隨心所欲的父子倆感到有些氣憤。為什麼只有自己得在會場招呼客人啊！

況且，是因為大姑叫她跟俊成交換，稍微休息一下，她才來這個房間的。

「這樣啊……謝謝。」

幸實來到走廊，確認四下無人後，嘆了一口蘊含怒意的長氣。接著走向玄關查看兩人在不在。

「哎呀，鞋子……還在啊。」

正如親戚所言，玄關不見兩人的蹤影。幸實心想果然是外出了吧，但出乎意料，兩人的鞋子還好端端地放在玄關。

「他們在家嗎？」

知道兩人沒有外出後，幸實原本開始沸騰的怒氣稍微冷卻了下來。她轉身回到屋內，打算重新尋找兩人。

由於屋齡並不久，走路時地板不會發出嘎吱聲，但這股寂靜反而令人感到有些毛骨悚然。

即使今天不是陰天，這棟屋子白天依然光線昏暗，所以幸實並不喜歡丈夫的老家。

「雖然讓我去休息，但跟不太熟的人聊天也很拘束……還是算了吧。累歸累，至少心裡負擔還比較輕鬆。」

走廊幽暗的氣氛，逐漸改變幸實的心情，當她來到通往二樓的階梯時，已完全打消想休息一下的念頭。

只是還是想跟俊成說一聲，便在家中尋找他。

上門弔唁的客人中還是有少數幾人知道阿亮身上發生的詭異悲劇。而他們的臉上必定都會露出難以形容的表情。

幸實光是面對大伯慘死一事就已經夠傷神了，看見弔客的那種表情更加使她心力交瘁。

所以她才心想，自己不休息，但起碼丈夫能陪她一起招呼客人。

「人到底跑哪兒去了？我不認為這種日子他會跑去跟誠也玩。」

幸實幾乎搜遍了整棟屋子，別說俊成了，連誠也的身影也沒看見。

既然鞋子還在，肯定沒有外出，卻遍尋不著蹤影。幸實在屋內四處走動，最後來到了三樓的最邊間。

那是阿亮生前使用過的房間，房門虛掩著。

「俊成、誠也？」

幸實打開房門，窺視房內，還是沒看見任何人影。雖然空無一人，房內的窗戶卻敞開，冷冽的寒風吹進幸實的袖口，搔癢著她的上臂。

「要是下雨怎麼辦啊？一定是誠也打開的。光是要走進大伯的房間就夠可怕了，我可不想再引起什麼奇怪的麻煩。」

幸實單方面地把錯怪到誠也身上，儘管猶豫著是否要進入死者的房間，但最後還是無奈地走進去關窗。

「真的感覺馬上就要下雨了呢……真想趕快回家。」

幸實撫上窗戶，一邊嘟噥著一邊不經意地俯看窗外。感覺瞬間瞥見某個像腳一樣的物體。

她不禁向外張望，定睛凝視瞥見腳部的場所。

果然不是心理作用，真的有人倒在隔壁人家庭院的樹下，露出腳部。

幸實一時之間還懷疑會不會是誠也，但仔細一看，腳比誠也大。那麼是俊成嗎？但從陌生的鞋子來判斷，確定並不是他。

但就算不是那兩人，有人倒地還是不爭的事實。

「咦！有人昏倒了？來人啊、來人啊！」

幸實將身體探出三樓的窗外，大聲呼喊。

隔壁住戶立刻有人聽見幸實的聲音走到門外，發現倒在地上的人衝上前去。隨後——

「嗚哇啊啊啊啊啊！」

隔壁居民震天價響的尖叫聲，竄過整個住宅。

當天

在幸實發現人腳的七個小時後，市原於晚上十點抵達福岡縣近郊的醫院。雖然還沒驗屍，但從死者身上的物品看來，幾乎可以確定死者的身分。

接到聯絡的市原當然也聽說了這件事，因此從偵訊地點飛奔而來。

「呃，你是警視廳的市原刑警嗎？」

「是、是的，我就是市原……那名在松永家附近發現的屍體在……」

「請隨我來。」

對方帶領市原來到的房間裡，屍體全身蓋著白布，躺在不鏽鋼床上。這副光景市原再熟悉不過了，他熟練地掀開頭部附近的白布。

「真可憐，你一定很痛吧……真壁。」

市原的眼裡映照出的是真壁生前的模樣，但實際上屍體的頭部……不對，是臉部，從額頭到下顎整個被挖空，呈現凹陷的圓弧形，只有後腦杓的頭蓋隱約露出白色的骨頭。

這具屍體任誰看來都非比尋常、任誰看來都分辨不出長相，但即使事先聽說死者的身分，市原仍舊一眼便認出來了。

「這是他持有的物品。」

福岡縣刑警遞給市原的是警察證。掀開後，裡面標示著真壁的照片和名字。

市原見狀，雙眉彷彿重石壓鎮般垂下，浮現悲痛欲絕的表情。

「還沒有確定就是他本人……」

「不，這是……真壁本人沒錯。我跟他是老交情了，認得出來。」

「……」

福岡縣刑警聽見市原的話後，盡量避免望向那哀痛的背影，微微低頭一語不發。因為他不知道該說什麼話來安慰市原。

「不過，真壁，你立大功囉～多虧了你，我發現原本以為各不相關的這一連串事件，其實是有共通點的。」

「真、真的嗎？」

刑警反射性地回答後，不禁摀住自己的嘴巴，自覺自己做出不識趣的舉動。

「是啊、是啊，是真的。上次黑川敬介先生的屍體是在福岡的隧道發現，先前的名古屋國中生是在澀谷發現，而本應住在福岡縣的松永亮卻在練馬發現，真壁則是在松永居住的老家隔壁發現……每一起事件都是『發現屍體的同時又有人失蹤』～」

「發現屍體的同時又有人失蹤……？」

刑警反覆思索市原所說的話，但是這個推測過於脫離常軌，他的理解能力跟不上，只能像錄音機一樣再三複誦。

「我想這個推測令人一時半刻難以置信吧～但如果不這麼推論，就無法解釋大多疑點……」

刑警這時才終於抓到市原話裡的重點，恍然大悟地抬起頭。他凝視著原本避免映入眼簾的市原背影開口：「那個……」

「是啊、是啊。我想松永家應該有人不見了吧？」

「沒、沒錯……松永俊成和松永的長男誠也，午後就不見行蹤。」

市原用掌心拍了一下額頭，痛苦地發出低吟。他緊閉雙眼、咬緊牙根，一臉懊悔地擠出：「是那兩人啊……」

「已經收到失蹤報案，目前職員正在尋人。」

「如果起碼能知道是什麼條件造成失蹤，或許還有辦法解決～」

市原凝視著真壁被挖空的臉深思。

所有可能性驟然冒出，在深入思考前又像氣泡般破裂，下一個可能性飄浮而出，又旋即消失。

在這段期間，市原感覺自己似乎要被真壁臉部挖空的洞給吸進去。

真壁臉部的凹洞斷面，也就是被凶器剜挖的部分已經乾黑，變得堅硬。

不過，除了傷口，大部分都沒有變質，就連外行人看來，也能判斷出他死後不久。的確全如報告所說的一樣，市原如此心想，看著真壁空洞的臉詢問：

「真壁，告訴我。你究竟『做了什麼』？『為什麼無臉的失蹤者會盯上你，你又盯上了下一個失蹤者』？」

市原注視著沉默不語的真壁屍首，他身後的刑警將電話抵在耳邊，走到室外。大概是將剛才市原所說的話呈報給上司吧。

這時，真壁彷彿終於等到與市原獨處的時機，右手掉出白布外，無力地垂落。市原看見他完全無法抗拒重力的模樣，抓起他的手，收回白布內。

「嗯？這是……」

市原抓起真壁的手時，發現手中有類似薄紙片的觸感，便攤開自己的手心查看。

他的食指指腹黏了一張小小的紅褐色碎片。他捏起碎片剝下來後，發現紅褐色碎片的背面呈現光澤的藍色。就像有時觸碰公園偶爾可見的老舊遊樂設施時，油漆脫落沾到手上那樣。

雖然不知道是什麼碎片，但乍看之下非常酷似上述的物質。

「會沾到手心上，就代表曾經握過這個東西吧？」

「不好意思，我回來了。」

刑警看見市原一臉疑惑地凝視著自己的掌心，便詢問他：「發生什麼事了嗎？」然而市原卻笑著搖了搖頭。

「那麼，我先告辭了……真壁就麻煩你了～」

市原經過恭敬回應他的刑警面前，離開房間。

五　青山有加里

十一月四日 大阪

白色氣息在大阪城公園中規律地朝空中蓋上印記，又立刻消失。

不過，那道白色氣息印記消失後，旋即又在不遠前的空中出現，消失後又在不遠前的空中再次出現。

若要補充一點，那就是規律的不只白色氣息印記。

「呼……呼……呼……」

還有吐氣時的聲音。發出敲打地面的腳步聲，使早晨的公園遠離寂靜的人物叫作青山有加里。

她身穿保暖吸汗的汗衫，外面套上一件連帽運動服，戴著運動用的太陽眼鏡。有加里才剛經過在公園散步的老人，和歇翅休息的鴿群前，她的背影已瞬間越變越小。

緊緻的雙腿如滑輪般交互轉動的模樣，宛如列車。然而，她那以優美姿勢慢跑的姿態卻突然失速，拖著左腳步行起來。從她搓揉著左腳大腿一帶，卻還是不找地方坐下或停下腳步的態度，能感受到她堅強的意志力。

「唔，真是不妙啊……要是比賽前還沒治好，可就笑不出來哩。」

她一跛一跛護著腳走路的模樣，與方才颯爽的英姿相去甚遠，令人目不忍睹。

有加里是家電廠商田徑社的長跑選手，成績並不差。但也沒有特別出色，因此在場上不太受人關注。

「不過，還有一個多月才比賽，只要努力復健，應該能平安度過唄？鐵定會的……」

她自問自答。

有加里在一個月後有一場馬拉松大賽，她正在為此訓練……不過，看她搓揉著大腿就能判斷出，要奪得佳績並不容易。

「這次要是不拿個好成績，我真的就要回家吃自己了……偏偏在這時受傷……」

沒錯，有加里最近實績不佳。雖說這是個以實力說話的世界，但年少的後輩不斷超越自己的紀錄，即使出場比賽，成績也普普通通。這樣下去，也難怪她會擔心自己的選手生涯。

雖然有找運動專科醫生看診，但醫生的建言不外乎是好好休息、別逞強這類的話，聽得她耳朵都快長繭了。

「只能急病亂投醫嚕。」

拖著腳的孤獨跑者，在大阪城所俯視的公園內道路吐出白色嘆息，同時如此低喃。

有加里回到家，打開筆記型電腦，上網鍵入最近反覆搜尋的字詞。然後由上依序瀏覽搜尋出來的資料。

每一條都是曾經看過的資訊，根本毫無助益。她接著尋找有知名運動專科醫生駐院的醫院，但搜尋出來的一樣都是已知的資訊，不是預約不到，就是診察費太昂貴。

有加里體悟到就算她再怎麼盯著電腦，也搜尋不出新的資訊，便思考是否還有其他地方能獲得新的訊息。

這時，放在電腦旁的手機震動，通知她有訊息傳來。

『有加里，妳還好嗎？沒有灰心吧？』

是同期的夥伴傳來的訊息，還附上可愛女生的插畫貼圖。有加里回傳『真是氣死我了！腿還是一樣痛，我把查到的方法全都試了一遍，可笑的是，一點效果也沒有～！妳知道什麼其他的好辦法嗎？』

『這樣呀。真是辛苦妳了哩。大阪有一間大圖書館，妳要不要去那種地方找找看？但不知道能不能幫到妳就是了。』

「圖書館～？」

有加里直盯著訊息，有些埋怨地唸出聲來。

她實在不認為去圖書館能找到什麼新方法。不過，自己能查到的所有方法她都已經試過了，只好死馬當活馬醫了。

有加里平常根本不會考慮圖書館這個選項，如今卻開始抱持著正面思考。

「反正也不遠嘛。」

她心念一轉後，脫掉運動服，換上便服，決定前往圖書館。

「這副打扮果然不應該配運動鞋吧～」

有加里重新審視自己淡藍色的低領毛衣和及膝的焦糖色裙子。只有腳上穿的是不搭軋的窄版運動鞋。

當然，這是為了減輕腳的負擔才做出的選擇，但有加里還是後悔自己因為貪近而隨便搭配就出門。況且她人已經抵達圖書館，後悔也來不及了。

「反正應該不會在圖書館遇到熟人唄。」

有加里為自己找藉口後，踏進圖書館。

進去後，她為書籍之多感到驚訝，才驚覺這是她第一次來大阪的圖書館。她護著偶爾會刺痛的左腳，抱持純粹接近感動的心情，走在書架之間。

「我想想，運動……不對，是醫學書？算是健康類的吧，會放在哪裡咧？」

來是來了，但她所尋找的書籍就某種層面來說算是特殊的，不知道該從哪裡找起才好。不過有加里的情況不容許她洩氣，只好四處查看相關分類的書架。

「哇啊！爸爸，這裡有一本奇怪的書！」

「怎麼了？真的耶，是誰放在這種地方啊？」

有加里看見兩名人物的背影。一名是中年男子，穿著有如喪服的黑色西裝，另一名則是看似小學生的少年。

他們指著有加里旁邊的書架嚷嚷道。

由於少年背對著她，少年的父親蹲著身子配合少年的視線，因此有加里無法看見兩人的長相。

根據兩人的對話，似乎是書架上混進了一本奇怪的書籍。

「……」

有加里下意識地在意他們的長相，試著斜眼窺看，但那對父子馬上便離開，走向其他書架。

兩人離開後，有加里有些好奇，便移動到兩人之前喧嚷的書架前。

書架的分類是「運動、劍道、柔道、空手道」，而有加里剛才所在的那個書架的分類則是「運動、田徑、體操、滑雪」，就種類而言並沒有什麼奇異之處。有加里從左邊逐一瀏覽書背，尋找到底有何奇怪之處。

《柔道整骨師的心路歷程》

《劍道守則》

《大山流貫手招式》

書架上排列著這類儘管同樣身為運動選手，自己大概一輩子也不會接觸的書。她將視線移到第二排、第三排。

「嗯……應該是在說這本書吧？」

當有加里的視線來到比自己腰部稍高的位置，也就是第四排的時候，立刻便發現一本與書架分類格格不入的書籍。

《驚嚇地點指南》

「哇，這是超級恐怖類的書哩。一定是有人惡作劇故意放在這裡的。」

有加里在好奇心的驅使下拿起那本書，快速翻閱內容。平常她對這種書沒什麼興趣，但既然放在這種地方，就會不由自主地翻閱。

對這陣子總在擔心腳傷的有加里來說，正好可以放鬆心情吧。

「偶爾也該看看這種書，發洩一下壓力才行唄。不對不對，要是晚上睡不著，壓力反而更大啦。」

有加里只瀏覽圖片，沒有細讀，打算看完就放回書架。

不過，在她快速翻閱時，眼前掠過一張震撼力十足的圖片，令她不禁又翻了回去。那是一篇關於「鈍振亡者」的文章，祂的臉部整個被挖空。

「嗚哇……這絕對會作惡夢的啦。早知道就不要看了。我現在可沒閒情逸致做這種事哩。」

不小心看見噁心的圖片，不舒服的感覺還殘留在心裡，有加里將書放回書架後，再次開始尋找她要找的書籍。

『♪』

是ＬＩＶＥ的通知聲。

忘記將手機設成震動的有加里慌亂地拿出手機，沒有查看訊息的內容，將手機設定成震動模式後，又收回口袋。好在附近沒有人，她鬆了一口氣後，借了五本關於醫治腳傷的書。

有加里在回家的途中買了一堆茶、水，到家後將整袋東西放進冰箱。

拿出一瓶冒著水珠的保特瓶到客廳，有加里打開瓶蓋後，含了一口在嘴裡。書是借回來了，但是她並不想立刻埋頭閱讀，只是先從包包裡將借回來的書拿出來。

「……咦，這本書……」

明明借了五本書，拿出來卻多了一本，變成六本。

那也難怪。五本是她印象中跟圖書館借來的，而另一本則是《驚嚇地點指南》。

「我應該……沒借這本吧。」

『♪』

LIVE的通知聲。不過有加里正專心回想為何這本書會出現在她手上，沒有理會。

「這本書是我從那邊的書架拿的，這本書是在那邊自然而然看到的，這本是放在那邊的書架，對了，這本也是那邊拿的。然後，呃……那這本呢……」

有加里還是想不起來，拿出借書收據確認。

收據上確實印了「借出：五本」這幾個字，由此可見，多了一本並不是自己的過失。

『♪』

無論如何，這本放回架上的噁心書籍，為何會混進自己的包包。有加里越想，心裡越不舒服。

要是多的是別本書，她的心情還不至於會如此發毛。何況書的內容還是靈異方面的，令人心情更加惡劣。

而且，光是看到封面，她的腦海裡便會掠過那張臉部空洞的可怕圖片，若是在圖書館倒也就罷了，她實在沒有勇氣在獨自居住的家裡翻閱。

『♪』

手機響起第三次通知聲。這時有加里才終於意識到必須確認ＬＩＶＥ的簡訊，便開始尋找扔在包包裡的手機。

但是卻一直找不到，莫非是放進某個口袋裡了嗎？

『♪』

「是怎樣啦！煩死了！」

反正應該是剛才她的同期傳來的。她會聽自己訴苦、給予建議，有加里很感激她沒錯，但對方好歹也給自己一些私人空間吧。

有加里如此思忖，壓抑著內心的煩躁，翻找包包。

『♪』『♪』『♪』『♪』『♪』

這次連續響起好幾次通知聲，宛如在催促有加里快點找到。

『♪』『♪』『♪』『♪』『♪』

「啊啊！我知道啦！」

有加里終於按捺不住，大聲怒吼，然後她總算找到手機，打開畫面確認ＬＩＶＥ。

『縺昴%縺縺�k繧薙〒縺吶。�溘　莉翫。繧芽。後〃縺縺吶�』

『縺昴%縺縺�k繧薙〒縺吶。�溘　莉翫。繧芽。後〃縺縺吶�』

『縺昴%縺縺�k繧薙〒縺吶。�溘　莉翫。繧芽。後〃縺縺吶�』

『縺昴%縺縺�k繧薙〒縺吶。�溘　莉翫。繧芽。後〃縺縺吶�』

『縺昴%縺縺�k繧薙〒縺吶。�溘　莉翫。繧芽。後〃縺縺吶�』

『縺昴%縺縺�k繧薙〒縺吶。�溘　莉翫。繧芽。後〃縺縺吶�』

『縺昴%縺縺�k繧薙〒縺吶。�溘　莉翫。繧芽。後〃縺縺吶�』

『縺昴%縺縺�k繧薙〒縺吶。�溘　莉翫。繧芽。後〃縺縺吶�』

『縺昴%縺縺�k繧薙〒縺吶。�溘　莉翫。繧芽。後〃縺縺吶�』

『縺昴%縺縺�k繧薙〒縺吶。�溘　莉翫。繧芽。後〃縺縺吶�』

『縺昴%縺縺�k繧薙〒縺吶。�溘　莉翫。繧芽。後〃縺縺吶�』

『縺昴%縺縺�k繧薙〒縺吶。�溘　莉翫。繧芽。後〃縺縺吶�』

『縺昴%縺縺�k繧薙〒縺吶。�溘　莉翫。繧芽。後〃縺縺吶�』

『縺昂%縺縺�k繧薙〒縺吶。�溘　莉翫。繧芽。後″縺縺吶�』

「呀啊啊！」

有加里不由得驚聲尖叫，嚇得腿軟，扔掉手機，驚恐得瞪大雙眼。

畫面顯示出十五排亂碼訊息，宛如詛咒的文字填滿螢幕，光是這樣就令看的人感到抗拒，不願注視。

張皇失措的有加里，當然不可能發現這十五條訊息旁邊都同時顯示『已讀』兩個小字。

「嚇死人了！到底是怎樣？咦，咦，發生了什麼……什麼事情嗎？」

『已設定目的地。』

「咦？咦？目的地？為什麼……會開啟導航？」

『直線前進，離目的地還有四百八十公里。』

有加里伸出顫抖的手拿回手機，望向螢幕後，上頭顯示出發地為「福岡縣」，而目的地則是自家的住址。有加里見狀，立刻便理解這代表什麼含意，更加驚慌地大叫：

「呀啊啊啊啊！誰……誰來救救我、救救我……」

有加里想站起來卻使不上力，再加上左腳出毛病發疼，只好像隻狗般爬向玄關，試圖逃跑。

不過她腿軟，手又抖個不停，前進的速度很慢。有加里一把鼻涕一把眼淚地把手伸向僅僅距離數公尺的玄關，想要盡早離開現場。

『即將抵達五寸田，右轉。』

「呀啊！」

並非有什麼東西突然從眼前冒出來，也不是有人襲擊她，只是手機的狀態令人匪夷所思。卻也並非響起詛咒聲，或是拍到了什麼詭異的影像。

只是收到呈現亂碼的訊息，導航自己啟動罷了。

若是在普通的狀態下發生，有加里或許還不會害怕成這副德性。但那本不可能被她帶回家的《驚嚇地點指南》就擺在她的身旁。

空間令室內變得陰暗。

潮濕的空氣帶著洗髮精的香氣，從浴室輕撫著有加里的臉頰。日常生活中再普通不過的所有事物，都可能成為殺害自己的凶器。至少有加里十分確定有某種東西正朝她逼近而來。

喉嚨異常乾渴，喉嚨深處黏稠的唾液阻礙發聲。

她一點一點地前進，抵達門前，轉動門把來到家門外。一名正在工作的男搬家工發現了她。

「小姐，妳怎麼了？妳還好嗎？」

搬家工大聲呼喊，然而聽在有加里的耳裡，他的聲音卻像從對岸呼喊一般，既遙遠又朦朧。

搬家工拚命地呼喚她，有加里卻覺得對方的聲音越來越遙遠，最後趨於無聲。

「喂，叫救護車！她暈過去了！」

有加里在醫院的一間病房裡恢復意識。那間病房很安靜，只有她一名患者。

「啊，青山小姐。您清醒了嗎？身體怎麼樣？會不舒服嗎？」

立刻發現有加里清醒過來的，是一名女護理師。她老練地確認點滴袋笑道：「點滴馬上就打完囉。請繼續躺著休息。」

「請問……我怎麼了？」

「喔喔，我想是因為出現輕微的過度換氣症狀而昏倒的。您當時應該感覺很難受吧？現在已經沒事囉。」

有加里只能回答：「這樣啊。」仰躺著凝視天花板，開始思考昏倒前所發生的事，是不是自己胡思亂想。

最近壓力大，就算作了什麼奇怪的夢也不足為奇。

有加里如此說服自己，讓自己慢慢靜下心來。閉上眼睛，決定不再鑽牛角尖一直思考那件事。

「啊，我幫您把口袋裡的手機拿出來了。就放在那邊，打點滴時不要玩手機喔。」

（——手機？）

那有如惡夢般的恐懼頓時之間再次甦醒。有加里發現自己臉部僵硬，但深思熟慮後，又改變念頭，心想搞不好只是幻覺。

從自己失去意識，正在醫院打點滴的狀況判斷，這麼思考反而才正常。

沒錯，自己只是累了。累到作了一個荒誕不經的夢。

「既然您已經醒了，我先離開一下。在打完點滴之前，不要亂動喔。」

閉著眼睛的有加里只回答了一句：「好的。」她嘆了一大口氣，心想再睡一會兒吧。

『前方五公里，大河內右轉。』

附近響起導航系統的聲音。

有加里固然不情願，腦海裡還是掠過剛才護理師所說的話——「我幫您把口袋裡的手機拿出來了。」自己聽見這句話時，為何沒有反應過來。

有加里沒有心思去擦拭冷汗直流的額頭，只是沉浸在後悔之中。

她戰慄的理由很簡單。一是因為了解到剛才在家裡發生的事情不是夢，以及剛才的導航聲是貨真價實的。

另一個原因，則是因為當她逃也似地衝出家門時，手機確實「放在家裡」。

換句話說，她不可能把手機帶來醫院，更別說放在口袋了。

她瞪大雙眼，轉動頭部望去後，便看見床頭旁的電視桌上放著她的手機。

『咚　沿路直走。』

「哇啊啊啊啊！」

手臂扎著點滴針的有加里，直接從床上跳起，抓起手機，打開窗戶向外扔。

點滴針似乎斷在皮膚裡，令患部感到疼痛，但有加里不予理會，只祈求威脅消失。

「有加里！妳怎麼來了？」

把手機扔出病房的窗外後，有加里造訪朋友水沼夕季家。

由於是星期三的午後，有加里猜想可能會撲空，但按了一下對講機，夕季便打開家門。

有加里臉色蒼白，大汗淋漓。夕季看見她那異常的狀態，倒抽了一口氣。

「夕季……抱歉，突然來找妳。」

「不會，沒關係。要進來嗎？」

夕季微微點了點頭，勸有加里進屋，望向她在玄關前地板脫下的鞋子。

那是醫院的室內鞋。夕季心生疑惑，呼喚有加里的名字後，看見她左手正在滴血。

「喂，有加里！妳的手怎麼了！」

夕季急忙衝到盥洗室拿毛巾，一邊擦拭有加里的手臂，一邊尋找傷口。

傷口立刻就找到了，但出血的患部插著一根細針。

「咦咦！這是什麼？妳到底發生了什麼事呀？」

夕季如此問道，但有加里只回應：「嗯……」就連用鑷子幫她拔出針頭時，她也一副心不在焉的樣子。

「我問妳喔。」

有加里突然開口。夕季從藥箱拿出紗布和消毒水，幫有加里治療傷口，一邊包紮繃帶，一邊反問：「什麼事？」

儘管已經不再流汗，有加里的臉色依然蒼白。平常說話俐落，如今卻氣若游絲。

「妳知道……『鈍振亡者』嗎？」

「鈍振？妳是說裝飯的那種碗公嗎？」

「嗯……聽說枥木的深山裡有『鈍振亡者』。」

夕季心想這話題還真奇怪，進一步詢問：「所以呢？」有加里卻不再開口。夕季猜想有加里應該是在私下遇到了什麼問題，但看她現在這副模樣，追問下去只會造成反效果吧。

夕季決定等有加里心情平復下來後再說，接著問她要不要喝點什麼。但有加里依然沒有回應，夕季走向廚房，打算泡一杯溫咖啡給她。

『已進入和歌山縣。』

「咦，怎麼回事？手機突然……」

夕季扔在桌上的手機發出告知導航的聲音。

有加里瞪大雙眼，凝視著那支手機。原本止住的汗水再次從額頭噴發。她在心中不停默念：這不是真的，一定有哪裡搞錯了。

「有加里，妳怎麼了？」

「這太奇怪了，肯定是哪裡弄錯……怎麼可能？因為、因為我早就把手機扔出窗外了……」

有加里拖著屁股往後退，想要遠離手機。但手機在她眼前又響起『咚』的一聲。

『前方岬町右轉。』

「來了、來了、要來了～！」

「有加里？妳怎麼了？有加里！」

有加里嘴角抽搐，眉毛中心上吊，呈現八字形。眼珠子凸出，就快要掉了出來，忘記眨眼而乾澀的眼球充血通紅。

有加里的模樣太過異常，夕季感覺到有什麼非比尋常的事正在發生。她摟住有加里的肩膀，在她耳邊安撫道：「沒事，沒東西會來。沒有來！」

夕季不明白有加里究竟在害怕些什麼，便循著她的視線望去，發現她似乎在害怕自己的手機，便急忙將眼前的手機關機。

「妳看，已經沒事了。我關機了，沒什麼好怕了。好嗎？有我在，妳冷靜一點。」

「呼……呼……呼……」

有加里發出有些過度換氣的微弱聲音，邊呼吸，夕季邊輕聲細語地不斷溫柔安撫她，然而她只是雙手摀住臉龐，發出奇怪的呼吸聲。

夕季心想勢必得花不少時間才能讓有加里冷靜下來，但依然耐心十足地拍撫有加里的背和撫摸她的頭。

顯然在害怕的有加里，身體不住地顫抖。夕季依然搞不清她在害怕些什麼，只是不斷重複著：「沒事。」

這樣的狀態持續了約二十分鐘，當有加里終於恢復到能喝下飲料的時候——

『已進入大阪府。離目的地還有四十七公里。』

「咦！我不是關機了，怎麼還會……？」

「噫噫噫噫噫！」

有加里甩開夕季的手，一溜煙地衝向玄關，鞋也沒穿就跑出去了。

「有加里！」

夕季沒空理會翻倒的咖啡杯，急忙追在有加里後頭衝出家門。但有加里已不見蹤影，不知道跑到哪裡去了。

夕季跑到住宅大廳的門口呼喚有加里，但依然遍尋不著她的身影。

「到底是怎麼回事啊……有加里。」

夕季如此呢喃，再次回到家中，查看自己的手機。

她按下中間的按鍵，想要顯示螢幕時發覺有異。不管按幾次，手機依然黑屏。她想到一種可能性，於是長按電源鍵。

「開機了。咦，所以我之前確實有關機？但是剛才的確有開啟導航啊……這到底是怎麼回事？」

廠牌的商標出現在螢幕中央，緊接著顯現主畫面，這段時間夕季呆站在原地。

當天

「街角攔截～！」

諧星朝著攝影機開朗地大聲唸出這句平凡無奇的單元名稱，語調呈現獨特的關西腔。

「那我們開始唄！」諧星一邊主持，一邊朝大阪的某條拱廊商店街內部前進。

攝影師倒著走，拍攝主持人，而三緒和袋田則是負責在攝影師後面驅散人群和開路。這天，兩人是來大阪當外景工作人員的。

節目小組解散後，恢復過去職位的兩人，經常有機會組成團隊或搭檔行動（當然全拜坂口自作主張所賜）。

在製作節目這一行，到各個地區出差根本是家常便飯。這次的外景企畫，主要是到大阪當地的商店街尋找新特產。

「喔～好香的味道啊。令人食指大動哩～」

擔任主持人的，是曾經紅極一時的諧星搭檔之一，專門在大阪主持這類外景的藝人，主持得有聲有色。

在大阪當地已經是熟面孔了，因此在拱廊走沒幾步，就有路人出聲攀談。諧星和路人和樂融融地交談，打聽美食情報。

「喔喔，真有一套。關西人果然很會主持呢。哪像東京，根本很少在當地出外景。」

「東京很常收到民眾投訴，拍了也不能用。」

兩人偶爾聊著這種話題，邊協助攝影組，邊關注外景進行。

諧星與路人宛如在說相聲般一搭一唱，節目進行得相當順利。

三緒負責預約民眾介紹的店家，而袋田則是負責應付圍觀的觀眾。如此看來，兩人或許意外地算是一對合作無間的好搭檔。

「喂，朝倉。去叫坐在那邊不動的女人讓開。」

「咦，女人……嗎？」

編導看著攝影機的影像，對三緒下指示。

三緒仔細凝視主持人前進方向的前方，發現一名女性抱膝蹲坐在鐵捲門拉下的店鋪前。

三緒確認目標後，小跑步跑到蹲坐的女性身旁，窺視她的臉對她說：

「小姐……不好意思，我們正在錄電視節目……那個，妳怎麼了嗎？」

照道理應該要說：「攝影機會拍到妳，不好意思，可以請妳離開這裡嗎？」但三緒看見女性蹲在原地動也不動，不忍心直接驅趕她。不過，女性沒有回應。

「喂～朝倉～妳在幹什麼啊！」

聽見編導來自遠處的喊叫聲，三緒揮了揮手，比出「稍等一下」的手勢後，更加靠近那名女性問道：「那個，我幫妳叫救護車好嗎？」

結果女性依然不動如山。三緒心中掠過懷疑她該不會已經死亡的不安，但女性的背部配合著她的呼吸，依照一定的節奏起伏，看來是自己多慮了。

這名女性不離開，拍攝便無法進行下去。正當三緒感到傷腦筋時，放在口袋裡的手機突然震動，響起播報聲。

『即將抵達天王寺，前行七點七公里抵達目的地周邊。』

「咦、咦？這……這是！」

三緒不記得自己有開啟導航。而且並非是自己依照導航前進，而是對方朝自己前進的播報聲。三緒立刻拿出手機確認螢幕。

螢幕上顯示出發地為福岡，而目的地則是這個地方。但是目的地的名稱呈現『縺繧薙�繧翫&繧�』這樣的亂碼。

三緒見狀，頓時之間差點陷入混亂，而因為某種理由，才讓她勉強保持住理性。

「不要啊啊啊啊啊！」

那就是原本蹲坐在地，一動也不動的女性突然站起來，發狂似地上下搖晃頭部，一邊大叫一邊跑開了。

「咦！那個！」

面對突如其來的狀況，外景班的成員不禁跟著女性的背影移動視線，而三緒也只能嚇破膽地凝視著女性的背影。

雖然因為莫名其妙且出乎意料的事情暫時失去平常心，但三緒馬上便回過神。她連忙望向剛才響起播報聲的手機，發現導航畫面已消失，回到平常的畫面。

「咦……導航沒有啟動。」

即使調閱應用程式的使用紀錄，依然沒有使用過導航的痕跡。

面對這種情況，三緒的腦海裡浮現一種假設。

「難道那名女性就是目的地……？」

三緒凝視著女性越變越小的背影。編導在三緒的後方呼喚她的名字，她不可能沒聽見，只是腦海裡有某些事情如拼圖般互相契合，三緒反射性地邁步奔跑。

「不好意思，我去追一下那個人！袋田，之後的事情就麻煩你了！」

編導和袋田異口同聲地回答：「什麼！」之後又冒出袋田怒吼「搞屁啊！」的聲音，但三緒還是不顧一切地去追那名女性。

「我的天啊，那個女人跟個飛毛腿似的……我完全追不上。」

三緒氣喘吁吁，腳程越來越慢。她注視著速度飛快的女性的背影，輕聲吐出喪氣話。

這也難怪。三緒追逐的可是有加里。雖說她腳痛，但畢竟是位職業跑者，三緒怎麼可能追得上她。

「這妳幫我拿著。」

有東西突然塞到三緒胸前，她反射性地抱住。

「咦，這是鞋子……袋田！」

「別看我這樣，我大學時可是短跑選手。」

袋田不知何時追上三緒，在拱廊內打赤腳，朝著有加里的背影全力奔馳。不愧自稱是短跑選手，兩人的距離越拉越近。

「哇……好快！袋田加油啊！」

三緒見狀，發自內心地讚嘆道，揮舞著袋田的鞋子為他聲援。

兩人的背影正好在角度平緩的彎道消失，同時響起袋田的聲音。

「朝倉！逮到人了！」

三緒聽見袋田的聲音後，不由得冷靜了下來，擔心抓住一個只是倉皇逃跑的女性，這舉動是否妥當。

不過，她對「導航自行啟動」這一點有印象。第一次聽見導航播報聲是和黑川道別的時候，再來是真壁造訪公司的時候，以及已成為都市傳說的禁忌影片，松永的「直播」。

黑川、真壁、松永已經全都淪為了臉部被挖空的屍體，而且三人的共通點還有「導航」這個神祕工具。

三緒並沒有再深入調查下去，但是她經常思索既然有這些共通點，是否代表這之間有什麼關聯。

而她正巧碰見被「導航」鎖定的人物。

為了尋找解決事件的線索，以及讓泡湯而心存遺憾的特輯復活，三緒無論如何都想問出癥結。

「不、不好意思……但妳為什麼要逃跑呢？」

「給我讓開！我會被追上的！有東西要追來了！」

「喂，這傢伙在說些什麼啊？妳為什麼想抓住她啊！」

袋田壓制住大吼大叫的有加里，一臉不耐煩地詢問三緒。

『咚　沿路前行五公里，便可抵達目的地周邊。』

這次換袋田的手機啟動導航，發出播報聲。遲鈍的袋田沒發現是自己的手機在響，還在等待三緒的回答。

「呀啊！要來了、要來了！放開我、放開我啊！」

有加里叫得如此淒厲，勢必會引人注目。路人和從店裡出來一探究竟的人聚結成群，吵吵嚷嚷地觀看事態會如何發展下去。

「呃，我是波吉特股份有限公司的員工朝倉！我們公司主要是承包東都電視臺的節目製作。還有這個人是袋田。雖然我不知道到底發生了什麼事，但如果妳想逃離這個導航聲，要不要搭計程車？總比用跑的快。我們也會幫妳的！」

「喂，什麼叫『這個人是袋田』啊？我資歷比妳深耶，有沒有搞錯！還有，妳不要自作主張！」

「袋田，你安靜一下！」

袋田被三緒喝斥，膽怯了一下。撇起有口難言的嘴，一臉不悅地沉默不語。

「怎麼樣？……我們可以幫妳，但妳必須回答我的問題。」

鑑於三緒眼神真誠，以及真面目不明的「某種東西」已經來到五公里外的現狀，有加里露出稍微恢復冷靜的表情，緩緩點了點頭。

「不好意思。其實我們是電視臺的人，這是拍攝的一環。抱歉打擾大家了！」

三緒笑容可掬地對聚集在周圍看熱鬧的觀眾說明後，便和有加里一起前往計程車搭乘處，邊關注袋田的手機。

「對方從南邊過來，代表我們只要逃向北邊就行了吧。」

三緒如此說道，搭上計程車後便對司機說：「麻煩你先開向福井方面。」

六 市原史一

十一月四日

暮色蒼茫的六點過後，市原接到三緒打來的電話。

當時，市原送去鑑識科檢驗的真壁指尖上沾到的油漆片，正好歸還到他手中，他正在聽取檢驗報告。

市原的手機並非時下的智慧型手機，而是掀蓋式的傳統型手機。市原已年近五十，對智慧型手機不感興趣，或許也是無可奈何之事吧。

「喂？您是哪位……朝倉小姐？喔喔，在製作公司問過話的那位小姐啊～找我有什麼事嗎？嗯……咦咦！您說的是真的嗎！」

一如往常溫吞的說話方式，也許是情緒激動所致，語尾變得俐落。

市原將手機夾在臉頰和肩膀間說話，旋即拿出記事本，頻繁地筆記。每次筆記時都隨聲附和道：「是的、是的。」

鑑識課的男職員見狀，看準他掛斷電話的時間點，出聲詢問：「發生什麼事了？」

「有收穫了～我要立刻到大阪去，這份鑑識結果可以先保密嗎～」

「我相信你，既然是你的請託，我自然是答應……不過，你這樣單獨行動好嗎？又會被上頭盯上喔。」

「嘿嘿嘿！」市原親切地發出笑聲，拍了拍鑑識課男職員的肩後，將裝進小塑膠袋的油漆片收進胸前口袋。

「沒關係啦，出人頭地這種事已經不會落到我頭上來啦～幫真壁報仇雪恨才重要～」

鑑識課男職員望著駝背離去的背影呼喚：「市原先生……」市原沒有回答，只是頭也不回地揮了揮手離開。

死去的真壁駿，是市原的頭號部下，同時也是在同一個單位共事最久的夥伴。

雖然最近與真壁關係變得疏遠，但兩人的交情絕不壞。主要是因為聽說真壁面臨婚姻危機，市原才盡量與他保持距離。

真壁自己也十分清楚市原的用心。所以，在真壁夫妻關係穩定之前，兩人盡量避不見面。

真壁了解市原笨拙的關心方式，而市原也明白真壁善解人意的個性，這種相處模式正好符合兩人的風格。

結果，真壁還是婚姻不順，走向離婚一途。

市原聽見這個消息後，約真壁改天去喝酒，接著便發生了那起事件。

市原雖然沒有表現在臉上，但內心悔恨不已，才會毅然決然地主動調查這起人稱挖臉事件的神祕獵奇殺人案。

警察內部傾向各個受害者沒有共通點，懷疑是模仿犯在各地出現的這種說法，散發出不想深入調查這起事件的氣氛。社會上十分關注這起事件，警方卻沒有那麼積極查辦。

也怪不得市原單獨查案。從警視廳內部的各個刑警默許他的舉動，默默關注他這一點，也能證實警方的態度。

但那並非代表默認的意思。

同事只是不想跟這起陷入死胡同的異常事件扯上關係。警方高層也想找其他藉口，淡化這起屍體層出不窮，卻絲毫找不到線索的事件。

全都是基於這類自私的觀點。

市原也一樣，他是多年以來都站在第一線的老刑警。過去不管理由為何，只要是警視廳高層的意思，他都老實服從。

但唯有這次例外。受害人是同為警視廳的夥伴，也是敬仰自己的部下。

姑且不論事件當中的其他受害者，市原十分清楚自己是基於私怨而行動。他就是如此憎恨這起事件，憎恨無法拯救真壁的自己。只有熟識市原的警員才知道，他悠然的態度下所透露出的憤怒情緒。

所以他們無法給予任何援助，但也不過問。

「而且，這個案件本來是真壁負責調查的……半途而廢可是會有損刑警的名譽～你說是吧，真壁。」

市原坐上巡邏車的副駕駛座，告知要前往車站後，便如此自言自語道。

當天同一時刻

三緒一行人坐計程車到租車店，改租汽車後，三人便打算前往福井。途中還有聽見袋田的手機發出導航的播報聲，如今則是安靜無聲。三緒等人推測也許是因為他們開車將距離拉得越來越遠的緣故。

雖然不知道追趕有加里的「某種東西」的移動方法為何，但似乎是比汽車的行駛速度還要慢。路上，三緒拜託總算冷靜下來的有加里說出實情。

於是，有加里便將她經歷的難以置信的事情一五一十地告訴兩人。儘管有加里心裡認為不會有人相信，還是說了出來。但三緒兩人心裡有數，聚精會神地聆聽有加里說話，袋田也難得沒有中途插嘴。

「有加里小姐，謝謝妳告訴我們。所以，那本書現在在哪裡呢？」

那本《驚嚇地點指南》恐怕跟真壁曾經拿出來讓三緒兩人看過的，以及直播裡出現的書是一樣的。三緒確信它就是這一連串事件的關鍵。

有加里思考了一會兒後，露出恍然大悟的神情，抓住三緒肩膀，顫抖著聲音說：

「怎、怎麼辦……那本書應該扔在那孩子的家裡了。」

「咦？妳從醫院去妳朋友家時，帶著那本書嗎？」

「咦……啊，沒有。我沒有帶去，奇怪？為什麼我會認為那本書在夕季家？」

有加里百思不解。三緒看著她，撫摸她又開始顫抖起來的背部，盡量溫柔地輕聲安撫她。

「別擔心，妳跟我們在一起。現在也知道只要繼續開車行駛下去，就不會被追上。而且，我會打電話給認識的刑警，請他去見妳的朋友。如果書不在妳朋友家的話，我會請他去妳房間拿。」

聽見三緒說的話，有加里不禁淚眼汪汪地確認：「真的嗎？」深深吐了一口氣。

「為什麼我非得遇到這種事啊……我一直都很努力。」

有加里如此說道，哭了起來。三緒邊鼓勵她邊拜託袋田下次經過便利商店時停下來。

「啊？為什麼啊？停下來不就糟了嗎？」

明明袋田之前只是沉默不語，一直在開車，三緒卻覺得好久沒有聽見他的聲音了。她對袋田說：「已經遠離了一百公里以上，稍微停一下沒關係啦。」還告訴他需要買些食物。

「也是，肚子餓了呢。那妳求我啊。」

「啥？現在這種狀況，你還說得出這種話？」

「我不爽接受妳的命令！妳要是求我，我就去。」

——說這種話真是幼稚死了……才想說他偶爾說個話，果然有夠機車。

三緒在心裡如此呢喃，心不甘情不願地請求他後，袋田便心滿意足地點頭答應。

「真拿妳沒轍。後輩都拜託我了，只好答應囉。」

「……不好意思，有加里小姐，跟那種人同車。」

三緒在她耳邊如此說道後，有加里第一次露出微笑。

袋田在途中經過的便利商店停車，走進店裡買東西。三緒詢問有加里要不要一起去，但她搖頭笑了笑，只回了一句謝謝，於是三緒決定也留在車上。

「啊，我出去打一下電話……不用擔心，我就在車門前打，有事隨時叫我。袋田也把手機帶下車了，不會聽到可怕的導航聲。」

「我知道了。謝謝。」

三緒下車後，撥打以前市原給她的名片號碼。

「啊，那個，我是波吉特股份有限公司的職員，敝姓朝倉……對，是那間節目製作公司的……沒錯。其實我現在正和可能與那起挖臉事件有深切關係的女性在一起。然後，之前真壁刑警曾經拿一本書給我看，問我有沒有看過。對方說那本書可能在她大阪的朋友那裡。對，沒錯。假如不在她朋友那裡，也一定會在跟我同行的女性家裡。我想或許能成為事件的線索。」

三緒發出開朗的聲音，對一個人在車內後座等待的有加里報告：「刑警說他要去拿！」有加里笑道：「太好了。」

三緒看見她的笑容後感到放心，也跟著一起笑，終於感覺鬆了一口氣，吐出安心的氣息。

「啊，我可以再打一通電話給我主管嗎？」

面對三緒的詢問，有加里回答：「可以啊。」三緒雙手合十道謝後，再次在車外操作手機，打電話給坂口。

雖說鬆了一口氣，但並沒有解決什麼事。

不過確定開車逃跑至少不會被追上，還有刑警去拿書後能夠幫助案情進展。這些事情讓她們多少樂觀了一點。

就像桌上的盤子沒有減少，但盤子裡的菜餚卻減少了……這種感覺吧。

「啊，是坂口先生嗎？不、不好意思！實不相瞞……」

在車內一直呈現僵硬狀態的有加里，這時才終於能夠放鬆。

之前因為精神緊張的關係沒有感覺的腳底板，現在感到一陣疼痛，從那劇烈疼痛的種類來判斷，應該是踩到小石子或垃圾劃傷的。

——我正為即將到來的比賽調整身體狀況，偏偏捲進這種麻煩事……

有加里如此回想，同時嘆了一口氣後，又湧起另一股不安，擔心這趟逃避之旅到底要持續到什麼時候。

無論如何，都有兩個人陪伴在自己身邊，就像吃了定心丸一樣。因此不等袋田回來，睡魔便在她的頭部施加強勁的重力。

『即將、即將、即將、即將、即將抵達目的地……辛苦了。』

有加里腦袋一晃一晃的，正要進入夢鄉時，硬是撬開她眼皮的，是不該在這裡響起的「那道聲音」。

有加里的心臟就像要破裂般，瘋狂地敲擊著內側。她尋找四周，想知道到底哪裡有手機。

「咦！怎、怎麼回事？是從哪裡傳來的？」

『已鎖定目的地。』

冰冷的聲音從擴音器流出，有加里反射性地尋覓它的身影。

『已抵達目的地。駕駛辛苦了。』

設置在駕駛座與副駕駛座之間的汽車導航閃了一下，突然顯示出地圖。

地圖畫面呈現「負一百五十二公里」，有加里看見這個畫面的瞬間，數字立刻倒數歸零。

「負……負數？這、這是怎麼回事？」

汽車導航的定位圖示依然指著大阪，沒有移動。

自己一行人的確開車奔馳到這裡來。不過，就導航在自己開車逃跑前，逼進而來的速度來思考的話，「那個東西」還停留在大阪，速度未免也過於緩慢。

『原來，妳在那裡，啊？我立刻……過去找妳。』

語調忽高忽低的播報聲，響徹整個車內，令有加里的毛細孔擴大。

有加里死命扳開車門門把，車門非但沒打開，甚至一動也不動。她的眼瞳明明看得見在車外打電話的三緒，但即使自己拍打車窗，對方也絲毫沒有察覺。

「朝倉小姐！朝倉小姐！」

有加里使勁敲打著玻璃，此時突然出現一個無臉的孩童，從玻璃邊緣窺視著她，明明三緒就擋在車門前。

「噫噫噫！」

窺視車內的無臉孩童接二連三地冒出，緊貼在擋風玻璃、車窗與後擋風玻璃。

『剩餘人數，剩餘人數，依照實際交通規則……』

然後，有加里眼睜睜地看著地圖畫面歪斜扭曲，映照出好幾十具並排在一起的無臉地藏。接著整個畫面顯示出好幾排『縺昴%縺縺�k繧薙〒縺吶。�溘　莉翫。繧芽。後〃縺縺吶�』這樣的文字列。

『福祀在左側。請注意臉部，小心駕駛，謝謝。』

「噫！朝、朝朝……朝倉、朝倉小……啊，啊……」

有加理死盯著汽車導航畫面。

已經無處可退，但有加里還是拚命地想往後逃，卻被椅背擋住，無法後退。

強烈的恐懼使她無法立刻做出判斷，她先抬起視線，試圖從畫面移開。結果看見映照在後照鏡的東西。自己的兩側坐著無臉孩童和男人。

「呀噗……！」

兩人摀住她正要尖叫的嘴。不得動彈的有加里，只能透過後照鏡注視著他們。

有加里淚眼矇矓地凝視著壓制住自己的父子，發現自己曾經見過這兩人。

——是在圖書館遇到的那對父子……

雖然不知道這是否能稱之為走馬燈，但有加里的腦海像是倒敘般浮現從前的光景。

在圖書館翻開那本《驚嚇地點指南》時，ＬＩＶＥ收到訊息。以及在家裡確認ＬＩＶＥ時，導航自行啟動。

『疊一顆是為了爸爸～疊第二顆是為了媽媽～』

現實響起好似兒童合唱的不合諧歌曲，有加里幾乎要陷入瘋狂。

在全部的神經漸漸麻痺的恐懼之中，有加里突然理解汽車導航地圖上的定位指標是指向哪裡。同時也體認到自己不可能逃得掉。最後，看見壓制住自己的父親舉起園藝用的鐵鍬。

有加里只發出「嗯！」這種不成聲的呻吟聲，胡亂擺動著雙腳，當她聽見汽車導航傳來的播報聲時，自知死期將到。

『可以再來一碗嗎？』

三緒把事情的來龍去脈告訴坂口後，坂口沉默了一會兒。三緒推測他正在電話的另一端沉思，便拿出耐性等待他說出下一句話。

換算成時間的話，大概是十幾秒……沒有多久。但在這種情況下，如此短的時間也足以令人難以忍受。

『我知道了。你們先往北逃，然後想辦法跟那個叫市原的刑警會合。我就去查那個……叫什麼來著？《驚嚇地點指南》嗎？要是巧妙地跟事件有關聯，就可以拍出精彩的記錄片。』

「精彩的記錄片……」

『妳那是什麼聲音。妳也是電視人吧？傳達真相也是我們的工作。即使結果比較偏向娛樂，但本質並沒有改變。』

三緒無言以對，她對於關鍵時刻總是說不過袋田和坂口感到苦惱。

真相、虛偽、假象、誇張、感動，三緒從來沒有想過這類有關電視本質的事，也難怪說不過對方吧。不對，正確來說，她並非從未思考過。

不如說，就這層意義而言，搞不好坂口和袋田才從未認真思考過這方面。

不過，坂口和袋田兩人大概是靠本能理解電視人的本質吧。

就是因為正經八百地過度思考「何謂電視？」「何謂報導？」「何謂媒體？」才無法推翻他們

自然感受到的意見。

姑且不論她對自己這部分了解多少，三緒掛斷電話後，嘆了一大口氣。

「哇，吐出來的氣都變白了……已經到了這種季節啦～」

大概也是因為來到福井的關係吧。寒冷的夜晚令她發出單純又老實的感想。

冬寒、夏暑、春暖、秋涼。

希望有一天能夠在電視上播放如此再自然不過的事實就好了。想逃離異常現狀的渴望，令三緒不得不在心中如此呢喃。

「我說妳啊，別叫我去跑腿好嗎！」

走出便利商店的袋田，拎著一大包白色塑膠袋，對第一眼看見的三緒抱怨道。

面對袋田的責罵，三緒則是嘟起嘴，氣勢沖沖地回應：「總不能把有加里小姐一個人留在車上吧？」

「那妳自己不會去喔！藉口那麼多！」

「是你自己矯健地先衝下車好嗎！」

袋田板著臉咂了咂舌後，從塑膠袋裡拿出瓶裝的咖啡歐蕾和奶茶，遞給三緒說：「妳們兩個拿去喝！」

「哇，好溫暖喔……謝謝。」

「哼。」

袋田自己則是喝著外包裝印上烘焙茶的保特瓶，一臉不悅地移開視線。從保特瓶口外洩的熱氣，令幽暗的夜空蒙上一層白霧。

三緒邊心想真是嘴硬心軟呢，邊打開後座的車門，詢問車內的有加里：

「有加里小姐，妳要咖啡歐蕾還是奶茶……」

三緒在車內呼喚有加里的聲音傳進袋田的耳裡。袋田察覺有異，從開啟的車門上方詢問：「怎麼了？」於是，三緒淚眼汪汪，望向袋田，一副有話想說的樣子。

「有加里小姐……不見了。」

「啥？什麼意思？妳不是一直待在這裡嗎？」

三緒大幅度地點了點頭，清楚地回答：「對。」

「別鬧了吧……！」

袋田打開另一邊的車門後，怎麼看都不見人影，一目了然。

他將頭伸進空車中，呼喚有加里的名字，但卻無人回應。平凡無奇的空間，卻散發出剛才還有人存在的氣息，弔詭得令人屏息。

「喂，朝倉！叫妳看個人妳是看到哪裡去了！」

「對、對不起！可是，我真的沒有離開這裡半步！」

袋田和三緒陷入恐慌，再次確認有加里不在車上後，跑到路上和附近的草叢四處尋找，還是找不到。

袋田站在路上大聲呼喊有加里，但再怎麼喊也是枉然。

「為什麼……為什麼……她明明就在車上……我明明沒有離開車子半步……為什麼會……」

無法解釋恐怖，與一個人消失不見的失落感。

以及自己陪在身邊，卻還讓人失蹤的自責念頭，就像澆了一頭冷水似地接踵而來。

但她抱持著人應該還在這附近的希望，強打起精神來。

便利商店的停車場外，有一塊空地，上面立著寫著出售二字的看板。大概是管理公司放著不管吧，雜草叢生。

三緒依靠著從便利商店洩露出來的燈光，在黑暗中撥開雜草前進。看見前方倒地的人影。

「有加里小姐！」

三緒反射性地認為那是有加里，便衝向前，急著想要盡早將她帶回。雖然只有微弱的亮光，難以辨認腳下的路況，但總算還是抵達倒地人影的身旁。

三緒再次呼喚：「有加里小姐！」不過，隨後便——

「呀啊啊啊啊啊啊！」

尖銳的慘叫聲，令人懷疑是否看見夜空中星辰的墜落。聽見脫離常軌的異常尖叫，正在路上搜尋有加里的袋田不由得奔向三緒身邊。

「怎麼了，朝倉！」

一屁股跌坐在濕地的三緒，顫抖著身子，發出斷斷續續，不成聲的聲音：「那……那……」緊閉雙眼，不去看「那個」。

袋田先摟住這種狀態下的三緒的肩膀，確認她沒有受傷。

之後再將視線移向倒臥在她眼前的「那個」。

「什……哇啊啊啊！」

袋田自認為膽大如斗，但是親眼看見「那個」的衝擊遠超乎他的想像，大大出乎他的意料。因此直接化為驚聲尖叫表達出來，但倒臥在地的「那個」只是一語不發，以那漆黑的空洞靜默地凝視兩人。

「那個」是松永俊成和他的兒子誠也。俊成仰躺在地，而誠也則是壓在他的胸前。雙方的臉部都整個被挖空，從那黑洞深處直盯著三緒和袋田。

一眼便能看出那是毫無生氣，冷冰冰的屍體。

漆黑的洞穴宛如棲息暗夜中的居民，潛藏著某種神祕之物，若是生者與之對視，彷彿立刻便會被吸了進去。

兩人只是區區的人類，不可能會知曉其真實面目，只能拚命地死賴在陽世，不被吸進那無盡的黑暗之中。

「臉、臉部挖空的……屍體。」

「媽呀……嚇死人了……我的媽……」

有加里的失蹤與無臉父子的屍體。

在比想像中的地獄還要恐怖的惡夢中，迴蕩著三緒的哭聲，夜晚毫不留情地更加深沉了。

當天　大阪某處

水沼夕季不自在地在家中看著電視。明明在家中，卻感到不自在，主要有兩個原因。

一是朋友有加里自那之後就聯絡不到人，也不知道她身在何處。

一是數十分鐘前接到一名自稱真壁的刑警聯絡，對方不久後就要來訪。

有加里的失蹤與警察的登門拜訪，夕季還沒有鐵膽到能夠老神在在。她雖然坐在床上，卻始終心神不寧。

只要盡早解決這兩個問題，她就用不著感受這種不舒服的情緒了……儘管她心裡這麼想，時間卻比身體感受到的流逝得要慢。

『♪』

不知經過了多久，對講機響起，夕季肩膀顫抖了一下，做出反應。片刻過後，才發出高八度的聲音回答：「來了～」便小跑步前往玄關。

「請問是哪位？」

就時間點來看應該是那位名叫真壁的刑事，但夕季還是謹慎地詢問。然而，隔著一扇門，理應站在門外的人物，卻毫無回應，飄散著詭異的沉默氣氛。

「……請問是哪位？」

夕季再次詢問，但仍然沒有回應。她心生疑惑，便從貓眼窺視門外，想確認來訪者的模樣，卻空無一人。

——咦，沒有人。

夕季如此思忖後，突然有東西掉落在她的腳邊。那道聲音令她反射性地跳開，立刻朝玄關前的空地察看究竟是什麼，結果是一本書。夕季腦筋慢了半拍才理解發生了什麼事。

剛才掉落的書是有人投遞進來的。夕季安心了片刻，但隨即便發現那是不可能的事。

「是從哪裡投進來的……」

若是國宅那種住宅區或是舊公寓等，經常可見的房門與信箱結合在一起的投遞口，倒還可以理解。

但夕季居住的房間，並不是那種類型的房門，而是住宅的大門入口設有集合式信箱，郵件會投遞在那裡。難以置信的事還不只這一件。

仔細深思過後發現，公寓是自動鎖，要拜訪夕季家前必須先由夕季開啟大門的自動門才行。換句話說，對方不可能直接造訪夕季家。

她戰戰兢兢地窺視那本掉落在玄關的書，詭異的書名令她眼眶泛出淚水。

《驚嚇地點指南》

「討厭啦，這是什麼？超可怕的……」

『♪』

手機突然發出聲響。從聲音來判斷，是電話的來電鈴聲。

不過，目前的夕季不敢動彈，並且漸漸拉遠與手機之間的距離，直到無法伸手拿到鈴聲響個不停的手機。

——搞不好是不明之物打來的，但也有可能是有加里。

兩種極端的可能性，有如磁極相斥一樣，令夕季猶豫不決。

——該接，還是不接？

遲疑使她漸漸走向手機，花費不少時間才終於來到伸手可及的地方。

心臟劇烈跳動，彷彿就要擊破肺部。聽得見泵浦將血液送往全身的聲音，屋內除了來電鈴聲之外靜寂無聲。

夕季下定決心，像是觸碰炙熱的物品般快速地將螢幕朝下的手機翻過來。然後，心驚膽戰地窺視是誰打來的電話。

螢幕上顯示〇九〇開頭，極為普通的手機號碼。

雖然是陌生號碼，但不是無法顯示來電這件事，令夕季稍微安心了一下。她終於戰戰兢兢地按下通話鍵。

「……喂？」

『請問是水沼夕季小姐嗎？』

「我是，請問是哪位？」

『喔喔，那個～不好意思突然打電話叨擾您～我是警視廳的刑警，敝姓市原。』

夕季聽見警視廳這個詞彙，心想應該是剛才那位自稱真壁的刑警的同事，便卸下心防，認為可以向他求助。

儘管「那本書」掉落在玄關的現狀並未改變，但至少此時此地有人陪伴她也好。她抱持著期待，對電話另一端的市原呢喃道：「太好了～」

『太好了……？為什麼這麼說呢？』

「沒什麼，因為從剛才起就怪事不斷。不過，刑警先生您會打電話過來，就代表是那個人，叫真壁先生嗎？是他告訴您的吧？」

『真壁……？小姐，您這話是什麼意思？』

電話那端的市原，聲調失去了爽朗，轉成低沉且帶有威嚇的語氣。

面對初次談話的夕季口中說出真壁名字的這件事，他的情緒摻雜了懷疑和緊張。

夕季感受到市原聲調的變化，擔心自己是否脫口說出了什麼奇怪的話而焦急。她連忙自圓其說，明明對方看不見，還是揮著手否定：「不是的！」

「那個！本來是真壁先生打電話給我，說是有一本書想讓我看看。可是真壁先生還沒有來。不過，等我發現時，有一本奇怪的書掉在我家玄關……」

『您說書？小姐，現在書在您那裡是吧？』

「對……那本書感覺很古怪……」

可能是與人說話帶來的安心感吧，明明剛才還那麼畏懼顫抖，夕季現在卻敢從玄關上畏畏縮縮地偷看那本書。

「我看看……那本書叫作驚訝？地點指南。」

『是《驚嚇地點指南》！』

「……喔喔，原來是驚嚇啊，看錯了。總之，它突然掉到我家玄關。」

夕季戰戰兢兢地伸出手，想要翻開那本書的封面，微微顫抖著指尖，打算抓住書封。

『小姐，不可以！』

聽見市原難得的怒吼聲，夕季伸出的手不禁有如含羞草一般，敏感地縮了回去。受到驚嚇的夕季發出有些高亢的聲音大喊道：「怎、怎麼了嗎？」

『哎呀，不好意思。不自覺就大吼出聲了，真是丟臉……不過，小姐，您剛才該不會想要翻開書本吧？如果是的話，千萬不能打開。絕對不能閱讀那本書的內容~可以答應我嗎？』

夕季縮回一次的手，實在不敢再伸向那本書。她有些不滿地回答：「我答應您……」接著直接回到客廳。

『我打算現在去拿那本書~請您千萬不要碰書，老實地待在家裡。一定喔？另外……關於真壁，可以請您告訴我他的事情嗎？』

「咦？是可以啦，不過為什麼？你們不都是警視廳的刑警嗎？」

市原在電話的另一端搔著頭，留下一句前言『這個嘛……』後，便思考接下來該怎麼說。

在市原猶豫的微妙期間，夕季察覺到他難以啟齒。夕季也不想再捲進什麼麻煩事，便自己結束這個話題答道：「當我沒問。」

「總之，那位叫真壁的人打電話給我，說有個東西跟事件有關，希望我看一下。剛好我朋友從白天就下落不明，我想或許跟那有關，就在家裡等他……」

『原來是這樣啊。真擔心您的朋友呢～實際上還不清楚有多少關聯～包括這一點在內，請勢必讓我調查那本書～您願意配合嗎？』

「當然願意。拜託您，請您快點找到我朋友有加里。她好像有許多煩惱……原因可能就出自於這裡。還有……」

『什麼事？』

「那個，不好意思……因為我很害怕，可以請您快點過來嗎……？」

市原告知她自己即將抵達新大阪，順便詢問夕季的地址。估計大約再一小時左右就能到達。

市原掛斷電話後，閉目養神，等待新幹線抵達車站。

夕季請市原進來屋內，但市原笑著拒絕：「我這糟老頭不方便進去女性房間叨擾。」

比起那種事，市原更在意自己手上拿著的書。老實說，他有股想立刻離開現場的衝動。

這裡頭或許能找到真壁死亡的真相。真壁和其他受害者尚未找到的臉孔、連環殺人之謎，以及園藝用的鐵鍬……

所有的線索都在這本書中，不對，搞不好答案就在裡頭。

無論如何，切忌過度期待，但市原確信這本書會成為關鍵物品。

鑑識的結果，附著在真壁屍體手上的油漆片，是市售的單手用園藝鐵鍬的塗料碎片。塗漆都脫落了，可見使用得非常頻繁。真壁留下的搜查筆記上寫著「鐵鍬」這個詞，市原沒有漏看，也沒有遺忘。

「所以，有加里現在在哪裡……」

「是、是的。她現在跟幫助她的人一起朝北方前進～」

「北方……嗎？」

「沒錯。基於某種理由，不得不離開大阪。那個～您說真壁曾經打電話給您……」

「是的，是幾點來著？好像是傍晚六點的時候，我的手機接到來電……您看。」

夕季如此說道，將來電紀錄秀給市原看。上頭的確顯示出十一位數的電話號碼，來電紀錄的時間是六點出頭。

「不好意思。」市原知會一聲，拿出自己的手機，對照真壁的手機號碼後，果然一致。

這現象令人難以置信，但既然事已至此，也由不得不信。

「真壁……是你引導我到這裡來的嗎？還是我自己終於查到這裡來的？無論如何，都必須停止如此殘酷的事件，對吧？」

市原凝視著電話號碼如此呢喃。夕季神情疑惑地反問：「殘酷的事件？」市原一笑置之說道：「感謝協助。」便離開夕季家。

當他走出夕季的公寓不久後，手機接到三緒的來電。

這時市原正好跑到自動販賣機買完咖啡，邊啜飲著咖啡邊正要翻開《驚嚇地點指南》。

「啊啊，小姐。謝謝妳啊～我已經拿到手了。妳那裡……怎、怎麼了？冷靜點，妳先冷靜下來！」

三緒情緒非常激動，她說的話，有一半以上根本聽不懂。

在這種情況下，市原還是截取「消失」、「有屍體」這類片斷的關鍵字，拼湊出狀況。

然而，在市原腦中拼湊出的，卻是連他自己也覺得荒唐至極、難以置信的狀況。他本來想再重組一次，但心想還是直接問本人比較快，便開口說出自己的推斷。

「小姐，這可能是我聽錯跟靠妄想組成的，應該不正確。但妳剛才說，跟妳在一起的那位女性失蹤，附近反倒出現了男人的屍體。是嗎？」

電話那頭傳來三緒哭哭啼啼卻清楚的肯定聲，但隨後又滔滔不絕地說出一大串莫名其妙的話。隔壁的袋田大概是受不了了吧，接過電話說明狀況。

『我是波吉特的袋田。刑警先生，我們該怎麼辦啊？朝倉嚇得腿軟，根本無法做出正確的判斷，我們來到一個陌生，人生地不熟的地方。因為有屍體，照理說應該要報警，但現在這種狀況，警方肯定會懷疑我們吧。不但是第一個發現屍體的人，同行的女人還失蹤了，肯定會被當犯人看吧。』

從他情緒激昂的語氣聽來，袋田也忐忑不安吧。不過，這也是理所當然的事呀。市原吃刑警這一行飯吃得很久了，早已習慣應付情緒激動之人。

「總之，先冷靜下來。這種事沒什麼大不了的～重點是，你們沒有受傷吧？這樣啊、這樣啊～接下來的事情全部交給我就行了。嗯，我保證。」

只要一方徹底保持冷靜，對方也會漸漸平靜下來。

做這一行的，這種事可說是家常便飯。市原不禁想起真壁剛調派過來時，自己也曾經教過他一模一樣的事。

「聽好了，冷靜下來，然後報警。千萬不要離開現場，或是喧鬧。警察來了之後，據實以告。報出我的名字也行。知道嗎，能做到吧？」

袋田回答：『我知道了。』聽他的聲音，似乎已經冷靜不少。

然後，他答應會按照市原的吩咐去做。當市原想要掛斷電話時，袋田阻止了他，因為袋田明白要是警察趕到，自己將暫時無法自由行動，便說出下述的話。

『剛才，在有加里小姐失蹤之前，朝倉有打電話給我們主管坂口。然後請他幫忙調查什麼來著？我忘記那本書的名字了，所以請你有時間跟他聯絡。啊，刑警先生，你有在玩LIVE嗎？』

聽見袋田說的話，市原先將手機拿開耳邊，確認自己拿著的是「掀蓋式手機」。雖說看了也不會變智慧型手機，但還是不自覺地察看能否玩通訊軟體。

「抱歉啊～我用的是所謂的掀蓋式手機。」

『嗚哇，真的假的啊。那我告訴你坂口的電話號碼，請你打給他。我要說了喔……〇九〇……』

事情的發展有如驚濤駭浪，市原感覺自己的思考速度有些遲緩。從夕季家拿過來的書、最後的書主有加里的失蹤，以及父子的屍體……

一想到那恐怕是前幾天才見過的俊成和誠也的屍體，市原就感到心頭一緊，十分難受。失去兄長的俊成。還有他的兒子，還未上國中的年幼兒子。以及被遺留下來的他的母親……

多麼殘酷與悲哀啊。

聽說真壁失蹤，市原飛奔前往福岡，當天見到的卻是他冷冰冰的屍體。明明躺在那裡的存在自己再熟識不過了，卻唯獨不見他熟悉的面孔，臉部空空洞洞。

光是想像那對父子也呈現同樣的狀態，市原便強烈地想要盡快斬斷這殺人連鎖。而線索如今便在自己的手中。

《驚嚇地點指南》

這本隨處可見的廉價書籍。實在難以想像它會殺人，但狀況證明就是如此。這本書恐怕會出現在那些即將被挖空臉部的人手中。

而它出現在下一個目標，夕季的家中。

夕季說她接到真壁的聯絡。可是，真壁早已過世，怎麼可能會收到死去之人的聯絡。市原不禁猜想：

——這本書應該是由臉部被挖空的人交給下一個目標。

當他推斷出這個假設時，突然想到，是因為什麼樣的契機才開始這一連串的連鎖效應呢？

市原打電話給夕季時，曾警告想要觸碰書籍的她：「不要翻開書。」當時他是下意識地如此大喊，但搞不好那就是真理。

「……」

市原如此思忖，再次目不轉睛地凝視《驚嚇地點指南》的封面。將門首塚、前身是死刑場的家電量販店、福岡怨念隧道、栃木高齡化村落……

「嗯，這是？」

市原留意到的是「福岡怨念隧道」。然後，他憶起松永亮葬禮當天，誠也讀的也是這本書。

——松永亮應該是看了這本書裡的文章，才去那條隧道直播。松永誠也恐怕在葬禮那天，翻開了書拿給松永俊成看……也就是說，只要不翻開來看就沒事嗎？另外，被挖掉的臉到底在哪裡？

剛才還想翻開書本的市原，評估狀況後便打消念頭。

他想盡量不翻閱內容，只靠封面搜集線索，把書翻到背面後，上頭記載著幾個收錄其中的文章標題。他依序從頭閱讀，發現一篇令人掛心的文章。

「高齡化村落流傳的不祥送葬，無臉地藏究竟是……？」

市原全身寒毛直豎，背脊強烈地顫抖了一下。

這並非因為他感到恐懼或緊張所引起的，而是因為他確定了一個事實。

「不能翻開書的理由，肯定都寫在這本書裡。包括『挖臉的理由』、『該去哪裡？』以及『如何停止殺人連鎖』！」

令人感動的靈光一閃，與通往真實的道路。但是，這本書正是潘朵拉的盒子。

只要翻開就能解決問題，然而一旦翻開，在未來等待著自己的只有死路一條。不翻開就無法停止連鎖，一旦翻開，就算連鎖停止，自己也會面臨死期。

還有比這更可笑的事嗎？市原在心中吶喊，連原本應該令人感動的靈光一閃，經過短短數秒後，使如打落地獄般的酷刑。

「啊……」

禁止翻閱的書籍。但是這本書的外觀實在不像是會招來死亡的書。

若是裝訂嚴實豪華，還上鎖倒是另當別論。搞不好還能一目了然是本特別的書。

但這本書卻是隨處可見，幾百圓就能買到的廉價紙本，既平凡又毫無壓迫感。不過，問題不在於它的外觀。

「這本書，該不會全國流通吧……」

心跳緩慢，全身有如血液停止流動般冰冷。

就像冰河上的浮屍般失去血色，各種惡夢閃過腦海，隨後又一片空白。

刑警這一行，算了算也幹了快二十幾年。這是他刑警生涯中最恐怖、最殘酷的現實。

市原口乾手顫，全身的汗水全都止息。只能佇立在原地，幾乎忘了呼吸。

就這樣像個人偶般，指尖一動也不動地靜止。不知道過了多久，他才終於動手翻弄口袋，拿出手機。

坂口望向辦公室的時鐘，正好剛過午夜十二點。

數小時前，警方聯絡他。

而短短數十分鐘前，有另一個叫作市原的刑警打電話給他。

三緒和袋田去大阪出外景，遇見了一名疑似與挖臉事件有關的女性。

聽說那名女性失蹤，接著在同一場所發現臉部挖空的屍體。怎麼可能會有這種一點說服力都沒有，又脫離現實的事情發生。

接到市原聯絡，聽到這些事情時，坂口已經在辦公室用電話和電腦調查市原委託的事。

光是發生下屬兩人一起牽涉失蹤案，接受刑事偵訊這種前所未聞的事情，就已經令他感到精神疲勞了，市原帶來的案件令坂口的胃更加疼痛。

「您好，我是波吉特的坂口～啊，上次謝謝您的關照了！不會不會，再一起去吧。下次換我請您。對，其實是呢，我想請教您一些問題……」

瞧他一副能言善道的模樣，可見他溝通能力之高。

他壓低語調，對聽筒另一端的主人問道：「您知道一家叫文西出版的出版社嗎？」

「不知道？這樣啊，不好意思，謝謝您啊～！順帶想請問一下，如果您知道小型……比如說出版上架便利商店的專門書，或是靈異書的出版社，能否指點一下？啊，是的……ＳＣＡ出版，謝謝您。」

坂口筆記下來，轉著筆，一通接著一通打。深夜打電話叨擾別人，未免太沒有常識，令他胃都快要穿孔了。

他問市原能不能明天再查，但市原懇求他這件事非常緊急，分秒必爭。畢竟關係到三緒和袋田，坂口也無法拒絕。

「不敢說不的日本人，是不是落伍了啊～」

雖說問到了出版社的聯絡方式，但這麼晚了不可能打通。坂口心想結果還不是要拖到明天，心不甘情不願地繼續調查。

市原拜託他調查的，是一家叫作「文西出版」的出版社。

似乎是出版事件關鍵書籍的出版社。他曾疑惑為何不拜託警察同事，後來推斷應該是自己人面廣，能早點打聽到消息。

在網路搜尋「文西出版」後，立刻找到出版社的網站。

市原一看就不熟網路，所以一時之間才沒想到利用網路搜尋網站吧。

坂口撥打網站上清楚記載的電話號碼。

他聽著來電答鈴，心想應該沒有人在吧，不可能有人會接聽電話。

然而怪就怪在，出現語音播報，表示這支號碼是空號。他姑且放棄電話聯絡，改用網站上的聯絡表單寄信聯絡。

「非得在這種時間打電話，我都沒要求過自己的下屬做這種吃力不討好的事。」

儘管嘴上抱怨，坂口還是打電話到剛才問到的ＳＣＡ出版碰運氣，結果當然沒人接。只好在轉接的語音信箱留言，這時坂口的手機收到郵件。

「郵件？怎麼回事，現在還有人傳郵件喔……嗚哇，而且還是簡訊。」

所謂的簡訊，是只靠電話號碼傳送簡單訊息的服務，在智慧型手機還不像現在那麼普遍時，通常都是傳簡訊。

由於還有許多人使用掀蓋式傳統手機，因此智慧型手機大多具有簡訊機能。坂口的智慧型手機也不例外。

不過，因為有能即時通訊的LIVE之類的應用程式，他鮮少使用這個機能。

坂口的朋友也是，所以他格外驚訝。

「啥？這是什麼？」

發送簡訊給他的是市原。這沒問題，問題在於傳送過來的郵件內容。

『縺昴%縺縺�k繧薙〒縺吶。�溘　莉翫。繧芽。後〃縺縺吶�』

坂口猜想是否掀蓋型手機傳簡訊到智慧型手機上會呈現亂碼，但他沒有閒暇去驗證這種事。坂口當作沒察覺這則簡訊，繼續尚未完成的作業。

「不會顯示已讀這一點，倒是比LIVE好就是了。」

坂口如此呢喃，起身去買咖啡，順便走向吸菸區。

七 朝倉三緒

十一月五日

警察要求三緒和袋田一同回警局做筆錄，審訊結束已是隔天的午後。

身心俱疲的兩人離開福井警察局後，三緒的手機恰巧響起來電通知。

因為昨晚發生的事，對手機特別敏感。明明只是有人來電，她卻猶豫著要不要接。

她厭惡到有股想要立刻扔掉手機的衝動。

但現狀逼得她無法這麼做，只好垂頭確認來電者是誰。

是坂口打來的電話。她心想總比接到莫名其妙的電話好，深呼吸後，輕按通話鍵。

『喲，還在警察局嗎？』

坂口爽朗的聲音穿越疲憊的耳朵，刺進肺部。連他這一如往常的語調都令自己感到不快。三緒訝異自己竟然會這麼想邊回答：「沒有，剛剛結束。」

『那還真是打了一場硬戰呢，辛苦啦。然後啊，市原先生拜託我調查許多事……你們馬上回東京。』

當然，用不著他提醒，兩人也打算回東京。然而坂口卻特地打電話來催促，令三緒心覺有異，便詢問理由。

『喔喔，其實是啊，之前那本叫作《驚嚇地點指南》的書啊，是一家叫作文西出版的公司發行的。我到處向做出版相關行業的朋友打聽那家出版社的地址、現在出版哪種書等各種消息，害我整晚沒睡……這種事不重要。我希望你們回東京後立刻去拜訪那家文西出版。』

三緒憶起昨天發生的恐怖事情，不禁無言以對。坂口察覺到三緒的沉默，催促她換袋田接聽。

「喂，我是袋田。」

『喔，辛苦了。我剛才要朝倉去拜訪發行那本書的出版社，果然太強人所難了嗎？』

「那是當然啊。畢竟才剛發生那種事。」

『也是喔。如果可以的話，我也不想拜託你們這種事啦。』

坂口說話自相矛盾，還嘆了一口氣。袋田心生疑惑，便詢問他究竟發生什麼事，結果坂口這麼回答：

『沒有啦，就市原先生拜託我調查，查出文西出版好像在日暮里。但聽說這間叫文西出版的出版社，已經約一年沒有人在。當然也沒有發行書籍。但公司本身卻還維持運轉狀態。

更離奇的是，每個月都有匯錢交租。而且是匿名匯款，每次名字都不同，搞不清楚到底是誰匯的。所以想處理掉都沒辦法。

本來是先維持現狀放著不管的，但大約三個月前，房東沒再收到租金，因此終於決定要處理掉那間出版社。所以只要謊稱是「相關人員」，就能輕易地混進去。』

「喔……那叫市原先生去不就得了。我們的確牽涉其中，但那完全是警察的工作吧。」

『是沒錯啦。』坂口說了一句引言，沉默了片刻。袋田在等待坂口再次開口時，聽到幾次像是彈開什麼東西的刺耳聲音，後來發現是點菸的打火機聲。三緒淚眼婆娑，不安地凝視著袋田。

袋田盡可能面無表情，同時認為自己十分窩囊，不知道這時應該做何反應。

『問題就出在這裡啊。我聯絡房東後，他說下星期要處理掉出版社，要進去是可以，但只能今天。我立刻就打電話給市原先生。不過，打不通啊。』

「打不通嗎？」

『是啊。不知為何，他傳了一則莫名其妙的簡訊過來後，就再也聯絡不上了。我打了好幾通都沒接，完全找不到人。所以啊，我就報警說聯絡不到市原先生。雖然對你們很抱歉，但希望你們代替市原先生去文西出版一趟。』

袋田吼了一聲：「為什麼要我們去啊！」嚇得三緒顫抖了一下肩膀。袋田吊起眉毛，滔滔不絕地表達不想再蹚渾水了。

也表示就算調查出什麼收穫，也難以製作成節目。

接著大喊：「有人死了耶！」三緒聽見這句話，顧慮到這裡還是警察局的領地，便要求袋田換自己接聽電話。

三緒顫抖著手接過電話。袋田一臉擔憂地注視著她，三緒對他回以笑容。

「我是朝倉。我已經沒事了，請告訴我們該怎麼做？」

袋田臭著一張臉，也不打開在車站買來的便當，只是一個勁兒地喝著茶。

三緒打開幕之內便當，想要勉強進食，結果只吃得下甜豆和山菜這類清淡小菜，其餘食物幾乎都沒動。

不管做什麼，三緒的腦海裡都會掠過松永父子的無臉屍體，害她食欲不振。

在警察局接受問話直到中午，但老實說，三緒幾乎記不得警察問了些什麼。

這也難怪。畢竟被帶回警局後，三緒還在驚嚇中，哭了兩個小時左右，根本問不出個所以然。

就連個性強勢的袋田也一樣。雖然不像三緒那樣哭哭啼啼，但面對警官的盤問時，回答得也都顛三倒四，前言不接後語。

想必是嚇得六神無主，分不清哪部分是現實，還是自己在幻想。

當兩人總算平靜下來時，早已旭日東升。沒道理不疲倦，不飢餓。

但那些感覺早已麻痺也是不爭的事實。

越是逼自己吃、逼自己睡，越是造成反效果。三緒與袋田表達的方式固然不同，但呈現出來的狀態卻是一樣的。

「你在生氣嗎？」

三緒察覺到袋田對自己抱持惱怒的情緒，戰戰兢兢地問道，但袋田並沒有回答。

「理我一下嘛，袋田。」

「妳很煩耶。誰教妳擅自答應的！」

袋田生氣的理由，三緒早已心知肚明。恐怕是對自己沒有事先徵求他的意見，就擅自答應了坂口的委託。

袋田並不想花無謂的時間去做無法製作成節目的事，另一方面也顧慮到三緒的心情。結果都不盡人意，在這樣的雙重打擊下才使性子。

「……袋田，你之前有說過吧。『是真是假交給看的人決定就好，不把自己製作的成果公諸於世，看的人如何決定？』我當時無法反駁你的這番言論。雖然不甘心，但當時我對這份工作並沒有抱持著那樣的堅持，是你讓我領悟到這件事。

「我知道我這麼說，你又要生氣了，但你現在還有心想要公諸於世嗎？」

「妳白痴啊。事物總該有個限度吧？」

「限度嗎？這已經超過你的限度了嗎？我倒是還沒。」

「不是啦！這不划算吧，勞力跟回報不成正比啊！」

聽見袋田的這句話，三緒覺得胸口有股怒氣蠢蠢欲動，她第一次表現出不耐，瞪視袋田。

「這樣啊。我還以為你是憑著一股熱情工作，而不是講一堆歪理。不想去就直說啊，別在那裡囉哩叭嗦找一堆藉口。勞力跟回報不成正比？如果你只想輕鬆做節目，那我跟你完全不一樣。」

「妳說什麼！」

在新幹線中，袋田的怒吼聲令他一口氣成為了焦點。三緒平常會先安撫袋田，讓他消氣，但今天不同。

「算了！你一個人回公司吧。」

三緒搶在袋田凶狠地反問之前，抓起幕之內便當裡沒有動過，一口大小的炸肉餅，扔進嘴裡。她一邊咀嚼，一邊不客氣地說：

「我一個人去。」

接著拿起筷子，狼吞虎嚥地扒起便當，剛才食欲不振的模樣已拋諸腦後。

袋田見狀發言：「妳少得寸進尺了！」接著粗暴地打開自己完全沒動的便當，爭先恐後地吃了起來。

「可惡！老子還沒有落魄到需要妳來教訓我！」

原本不樂意與袋田湊成搭檔的三緒，相處久了倒也懂得如何與袋田相處。

袋田也是，原本只把三緒當成一個菜鳥看待，如今三緒在他心中的地位也稍微提升了一些。兩人共同經歷了一場異常的體驗後，可說是產生了一種奇妙的團結心，然而這起事件尚未結束。

感覺經歷了漫長的時間，卻仍未抵達終點。

「先是從新聞特輯改成靈異特別節目，最後會變成什麼？」

將便當吃得精光的袋田詢問後，三緒用吸管啜飲著紙盒包裝的咖啡歐蕾回答：「這個嘛～」接著繼續說道：

「應該會變成……紀錄片吧。」

「紀錄片啊。不過照那題材看來，應該還是跟靈異脫不了干係吧？」

「是沒錯啦，反過來說，只要把靈異的部分全部隱藏起來不就好了？」

「原來如此。那必須寫企畫案給坂口先生呢。交給妳啦。」

「為什麼！你很詐耶！」

「怎樣啦，妳比我聰明不是嗎？我負責體力活。」

袋田的這番言論，令三緒想起坂口第一次將兩人組成隊伍時說過的話：「一個衝動又有體力，一個冷靜又聰明，剛好互補。」

現在三緒終於理解這句話的含意，覺得內心一陣搔癢和噁心。不過，感覺袋田確實會率先挺身而出，去做三緒無法負擔的體力活。

「啥？怎樣啦。」

「沒、沒什麼……」

東思西想時，不自覺盯著袋田瞧的三緒，慌亂地移開視線。

「就算妳把我看出個洞，我也已經吃掉炸肉餅了啦。」

袋田不理會三緒錯愕的反應，把空便當秀給她看。

面對袋田神經大條的個性，三緒有些慶幸又有些遺憾，心情十分複雜。

『♪』

這時，三緒的手機響起ＬＩＶＥ的訊息通知聲。她望向螢幕，是坂口傳來的，訊息如下：

『我之前說過市原先生發了一則莫名其妙的簡訊給我吧？雖然不知道有沒有幫助，反正我先把同樣的內容傳給妳。另外，文字內容好像變成了亂碼，我已經先解開是什麼意思了。一併傳給妳。』

「莫名其妙的簡訊？」

三緒在閱讀坂口的訊息時，螢幕又顯示出下一則訊息。

『縺昴％縺縺�k繧薙〒縺吶。�溘 莉翫。繧芽。後〃縺縺吶�』

噁心的字串令三緒頓時一陣反胃，但立刻又將視線移向下一則傳來的訊息。

「怎麼了？發生什麼事了？」

袋田依然粗線條地探頭窺視三緒的手機螢幕，然後神情疑惑地發出聲音唸出訊息內容。

「你在那裡啊？我立刻過去找你……這是什麼啊？」

三緒閱讀完坂口傳送過來的這些訊息後，想起市原斷了音訊這件事。

這意味著什麼，在三緒腦海裡形成一個模糊的輪廓。

由於市原是個十分可靠的刑警，即使斷了音訊也不需要太過擔心。如此心想的不只三緒。

袋田和坂口也不例外。認為市原只是基於某種理由而聯絡不上。

但是，三緒讀過市原傳來的訊息內容後，不得不改變這個念頭。

她不知道市原的手機是掀蓋式傳統手機，但通常這類行動裝置很少出現亂碼的情形。

問題不在於是否變成亂碼這件事，而是在於解讀出來的內容。

『你在那裡啊？我立刻過去找你。』

「市原先生傳給坂口先生『你在那裡啊？』未免太奇怪了吧？而且說『我立刻過去找你。』卻沒有來。這應該不是市原先生太忙才聯絡不上吧……」

就連袋田也不反對三緒的假設。

黑川的失蹤與死亡、真壁與有加里的失蹤、松永的死、父子的屍體。

而這次則是調查疑似成為上述事件關鍵書籍的刑警失蹤。各式各樣的拼圖在袋田的腦海中逐一契合。

「看來我們非去一趟不可了。」

袋田剛才還對坂口怒吼：「為什麼要我們去啊！」但面對自己構思的最壞腳本逐漸成真一事，似乎不得不徹底改變自己的意見。

當天下午五點某分

「為什麼連我也要去啊？」

語氣不滿地如此呢喃的，並非袋田而是坂口。

場所是日暮里。文西出版就位於一棟沒有安裝電梯，屋齡恐怕超過三十年的五層樓建築中的四樓。

坂口的計畫原本是叫三緒和袋田去，然後共享打聽到的消息。

不過，樓房的屋主堅持一定要在坂口的同行下才允許他們進入。

萬一發生問題，負責人沒有同行可就麻煩了。美其名是關心，實為明哲保身。因此坂口便成了犧牲品。

「好了、好了，坂口先生，你就讓我們見識見識電視人的風範吧～」

袋田滿心歡喜地朝坂口補刀似地說道。

坂口心不甘情不願地拿出房東交給他的鑰匙，背影像極了與象群走散的小象。

「你真的很單純耶。我有時候真的很羨慕你。」

坂口笑著發出語帶諷刺的話語，但感覺腦袋簡單的袋田應該意會不出言下之意。

出版社的水藍色門扉，塗料已斑駁脫落，顯示出屋齡老舊。坂口插進鑰匙轉動，確定開鎖後，便拉開門把。

打開的瞬間，這類老舊建築特有的粉塵味撲鼻而來。

混濁的室內籠罩著出版社才有的紙張與墨水味。

原本就被周圍的大樓包圍，採光不佳，即使開了燈也有些陰暗。

大概是室內可吸菸的關係吧，根深蒂固的尼古丁味混合其中，再加上空氣不流通，給人一種難以言喻的不快感。

當然，在這種空氣惡劣的場所，就連氣管強健的人也會咳嗽不止吧。三緒也不例外，她不斷乾咳，淚眼汪汪地用手帕摀住口鼻。

「那個，我可以換氣嗎？」

三緒忍不住敞開窗戶。

窗戶是面對道路，但被對面的大樓擋住，感覺空氣無法流通。但總比密不透風好吧。三緒如此心想，將頭探出窗外深呼吸。

「畢竟一年來都沒有人出入嘛。嚴格來說，管理公司好像有跟屋主來查探幾次狀況，但幾乎沒有干涉。」

坂口如此說道，同時發現附近的辦公桌上放有菸灰缸。他從胸前口袋拿出香菸點火。

「嗯，只要抽菸，就不覺得空氣差了。」

「那只是因為菸味更臭好嗎！」

不抽菸的袋田也皺起眉頭開門後，把附近的傳單揉成一團當作門擋，讓門扉敞開。

「那個，你說一年前起就沒有人在……那是怎麼回事？」

通風後比較習慣的三緒，向坂口提出一直掛在心上的疑問。

坂口深深吸了一口菸，像是在表達等我一下，然後緩緩吐出煙霧。接著頓了一拍後開口：「這個啊。」

「聽說他們公司職員本來就不多。正如妳所見，是個小出版社。每次幾乎都是一個人或兩個人去採訪。」

袋田詢問：「大概有幾個人？」坂口回答：「好像只有五人。」

「然後據說他們最後去採訪，還是該說去拍攝外景回來後，就一個一個失去了聯繫。」

「咦？不是沒從外景地回來嗎？」

「不是。一個不少地全都回來了。他們當時好像在製作什麼書籍，是在製作期間一個接著一個失聯的。」

坂口一邊如此說道，一邊手拿菸灰缸走近擺放文件和書籍的書櫃後，從櫃子上拿出幾本書，擺到辦公桌上。那些書分別是：

《奇奇怪怪地名由來》

《破解都市傳說》

《嚇破膽網路怪談》

都是些這類書名的書。而每一本都沒有包書衣，花幾百圓就能在便利商店架上買到。

「你們看，這間公司發行的就是這類靈異類的單行本。多虧總公司還算是小有名氣的企業，這種小出版社才能靠關係在便利商店販售。別看它公司破破舊舊的，還挺賺錢的，才會有辦法自己出外景採訪出書。」

三緒和袋田興致勃勃地注視著辦公桌上的書。拿起來後，發現封底印著文西出版。

稍微快速翻閱裡面的內容後，發現主要是以圖片構成，每本書約有二十到三十篇文章。有些文章三本共用，但新文章還是占了大半。

每本書的內容都是追查有隱情的土地、城市或是流言的真相。

兩人沒有找到其中有重大的疑點。

「沒有。」

「是啊，沒有呢。」

坂口邊詢問：「什麼東西沒有？」邊將香菸朝菸灰缸底部捻熄。三緒再次依序看了看三本書後說道：

「坂口先生，這間出版社只出版這三本書嗎？」

「不，應該還有吧。」

袋田立刻拿出自己的手機搜尋，搜尋字詞是「文西出版」。在搜尋欄鍵入後，輕按決定鍵。隨後顯示出搜尋結果，列出一排網路購物連結和關於這本書的評斷等資訊。袋田將手機螢幕秀給三緒看說道：「出現這麼多筆資料耶。」

「我看看，文西出版的刊物……這個是這裡的網站吧。」

輕觸連結後，立刻顯示出文西出版公司的網頁，版面普通簡單，頂部寫著大大的「恐怖書找文西就對了」。

最新消息動態裡介紹最新刊物，以及標示上傳日期。

「日期確實是一年前呢。啊，這裡有刊物介紹。」

最新消息的標題旁有幾個連結橫幅。其中有一個是「本社刊物簡介」。三緒先滑到最下層後，輕點那條橫幅。

「《奇奇怪怪地名由來》、《破解都市傳說》、《嚇破膽網路怪談》……果然只有這三本刊物而已。」

三緒說完，她和袋田兩人便僵在原地。坂口不禁開口詢問：「喂、喂，到底有什麼好奇怪的啊？」

於是，袋田回頭望向坂口，臉色鐵青地如此說道：

「坂口先生，刊物裡面沒有《驚嚇地點指南》。」

「什麼？」坂口發出錯愕聲，插入袋田與三緒中間，看著螢幕笑道：「怎麼可能。」額頭卻流下一道冷汗。

「這種狀況啊，有時候會只出現在最新消息動態，忘記加入刊物簡介裡啦。」

回到首頁，看向最新消息動態後，一年前的日期寫著「《奇奇怪怪地名由來》出版了！」

換句話說，文西出版的最新刊物也是刊登在刊物簡介裡的《奇奇怪怪地名由來》。

這讓他們確定了一件事實。

就是原本以為是這間公司出版的《驚嚇地點指南》並沒有發行。而拿到那本不應存在的書的人，接二連三地離奇死亡。

難以理解的事實，令坂口無力地坐在附近的辦公椅上。此時此地，他終於自覺到本人是超常現象的當事者，他原本還不敢完全相信。

「所以是怎樣？憑空出現的書籍。應該是製作那本書的公司職員全部失蹤，而看過那本書的人，臉部都被挖空死亡嗎？」

坂口心神恍惚地呢喃道。這時，三緒發現堆著文件的雜亂辦公桌，有一塊地方隆起。

她直覺推測出那是什麼，便挖出被文件掩埋的「物品」，原本陰鬱的表情頓時開朗了起來。她挖出的「物品」，正是筆記型電腦。闔起的筆電上貼著一張標籤，上面寫著「黑川」。

「坂口先生，這裡搞不好有什麼線索！」

三緒如此說道，並掀開筆電，按下電源鍵。電腦發出啟動聲後，響起耳熟的音效，顯示出桌面圖案。

「要碰電腦可以，但不要帶走喔。借了之後就還不了了。因為下星期這間事務所就不存在了。以後會引起不必要的麻煩。」

坂口囑咐完，兩人便一語不發地點頭稱是，面向電腦。

但立刻便跳出阻止外部使用者入侵，要求登入密碼的鎖定畫面。三緒環顧四周，查看是否有東西能提供線索，立刻便發現螢幕上貼著一張可疑的便利貼。

上面寫著「pass:k-su-k」這樣的手寫字。三緒心想這該不會就是密碼吧，照著輸入後，不費吹灰之力便顯示出桌面。

「喂，妳真走運耶！」

「交給我就對了！」

三緒氣勢熊熊地回應袋田。坂口見狀，不由得低喃：「你們感情變好了呢。」兩人置若罔聞地調查資料夾。

整理得井井有條的桌面上，有一個取名為「工作」的資料夾。

點開來後，羅列著名為「奇奇怪怪地名由來」、「破解都市傳說」、「嚇破膽網路怪談」的資料夾，還有一個資料夾叫「驚嚇地點指南」……

「有了！驚嚇地點指南！」

點開取名為「驚嚇地點指南」的資料夾後，裡面保存了密密麻麻的圖檔和字檔，可想而知必須花不少時間才能全部看完。

三緒沒有預料到必須瀏覽電腦資料，因此沒有做準備，所以她移動游標，打算開啟所有的檔案現場瀏覽。

這時，坂口阻止三緒移動滑鼠。

袋田不由得怒吼：「你做什麼啊！」坂口氣定神閒地抿嘴微笑，並從口袋拿出某樣東西。看見坂口拿出的東西後，三緒不禁興奮地喊道：

「隨身碟！」

坂口手上拿著的，是用來複製、搬運檔案的ＵＳＢ隨身碟。對打算當場瀏覽全部資料的三緒來說，可說是救命工具。

「不過，擅自複製資料這件事，你們知、我知、天知、地知就好。」

三緒默默無語地用力點了點頭後，將隨身碟插入筆電，立刻動手複製資料。電腦跳出長方形的視窗，顯示移動資料所需的時間進度。

「那個啊，我想應該只是偶然。」

在等待資料移動結束的期間，袋田像是發現什麼事情似地開口說道。指向貼在這臺筆電螢幕上的便利貼……也就是寫著密碼的那張紙。

「『k-su-k』該不會唸成『keisuke』吧？」

「聽你這麼一說，好像也可以這樣唸呢。」

坂口將第三根菸抽到剩一半時，對袋田的指摘提出疑問：「那又怎樣呢？」袋田指向電腦螢幕的後方，也就是闔起狀態時朝向上方的部分。

「這裡貼著寫著『黑川』的標籤。假設這是黑川的電腦，那剛才的『keisuke』也是名字的話……」

坂口和三緒異口同聲地發出「啊！」的一聲。

兩人的腦中將兩組字詞組合成一個人的名字。而那個名字則是他們認識的人物。

「黑川敬介……」

在出乎意料的地方，牽涉出意想不到的人物。黑川敬介，是主動聯絡電視臺說要提供關於挖臉屍體事件內幕的男子。

而那名男子在約好提供內幕當天失蹤，日後被發現時，已成為一具臉部遭挖空的屍體。

三人原本還為找到線索而興奮不已，如今氣氛跌至谷底，啞然無言。假如這並非偶然，代表黑川敬介生前是文西出版的職員。

換句話說，黑川敬介知道所有內情……即使如此，還是難逃一死，成為事件的證據。

宛如鋼琴的短音消逝，跳出通知資料移動完畢的視窗。三緒關閉視窗後，顯示出剛才開啟的「驚嚇地點指南」資料夾。

「既然有資料，就表示他們接下來要發行這本書吧，可是最終無法問世。照理說沒有發行，有形無體的書卻在市面流通。假設那本不存在的書，內容就是這些資料的話，那麼這裡……」

三緒尋找資料夾中有沒有什麼眼熟、認識的檔案名後，注意到一個名為「鈍振村」的檔案。

「這個要怎麼唸啊？」

三緒並非覺得這個檔案有什麼可疑之處，只是單純不知道檔案名怎麼唸，才詢問坂口和袋田。

兩人瞇起一隻眼睛思考後，吐出平凡無奇的猜測。

「鈍和振。通常是唸『Donshinmura』，要不然就是『Donfuri』。總不會是『Donburi』吧。」

「哈哈哈。」坂口吐著煙笑道，而袋田和三緒則是表情僵硬。

「怎麼？你今天怎麼老是這副態度。難道真的是唸『Donburi村』嗎？」

「黑川敬介當時這麼對我說……挖臉事件是源自於栃木深山裡的一個高齡化村落。名字叫作『鈍振村』。」

坂口手中的香菸，前端已化為兩公分的菸灰，正等待落地。照理說，在燃燒成這種地步前，就應該先朝菸灰缸撣一撣菸灰才對。但坂口似乎沒有心思顧慮菸灰。

「……真的假的啊。」

「坂口先生，不能把這三本書借回去嗎？」

三緒拿起擺在辦公桌上的三本單行本，擺出一副堅持要帶回去的表情和態度，徵求同意。坂口嘆了一口氣後，傷腦筋地笑道：

「妳問我，我當然是說不行啊。不過，出了事我負責。只不過少了幾本書，應該不會被發現，如果要我們還，再去網路上訂就好。」

三緒想起失蹤的有加里和市原，拚命拒絕腦海裡閃過的最壞下場。而她確信線索勢必就隱藏在這三本書當中。

當晚

都內的狹小套房公寓，地點絕不算好，但一個人住倒沒什麼不便。因為在都內，即使離車站有一段距離，房租依然不便宜，但保全倒是挺嚴密的。三緒就住在這棟公寓。

她帶了三本單行本回家，儘管內心焦躁，卻不得不對抗渾身的疲倦。有加里、屍體，還有市原的事情，她的心情尚未完全平復。

這也難怪，因為這三起事件的任何一件，都尚未解決。若只是尚未解決，或許倒還輕鬆一點，但可悲的是，一點兒破案的進展也沒有。

三緒也不清楚警察查案查到什麼地步。不過就她接受偵訊到中午的印象，感覺警方掌握的線索跟自己查到的差不多。

用在波吉特上班第一次領到的薪水買的玻璃圓桌。

三緒俯視著放在玻璃圓桌上的三本書心想：「或許我能從這些書裡挖出別人掌握不到的線索，讓案情有所進展。」同時也進一步延伸出「拯救有加里的可能性」。

疲勞與睡意虎視眈眈地企圖奪走三緒的意識，而她則是憑著強烈的覺悟和決心抵擋。

三緒脫下波吉特職員專用的螢光色夾克。觸碰到有些黏膩的身體和頭髮後，她決定沖澡醒腦，以面對接下來的漫漫長夜。

「你們兩人受了不少罪吧，今天就回家休息。」坂口如此說道後，便放兩人回家。

三緒很感謝坂口的好意，但她實在沒心情好好休息。

自己就近在咫尺，人卻在身旁失蹤。

叫她休息才是強人所難。

坂口一開始甚至不允許自己把三本書帶回家，而是要放在公司。

那並不是為了面子，而是坂口看穿她若是把書帶回家，肯定會徹夜不眠。其實她還提出想把隨身碟帶回家，用電腦調查，但坂口堅決反對，因此沒有如願。

對三緒來說，只要能把書帶回家就已經謝天謝地了。

總之，坐立不安的她決定在今天之內讀完這三本書，拉近與真相之間的距離。

說是使命感也不為過的感情，驅使她變得格外堅強。

人或許就是在這種時候才會成長吧。尤其不是為了自己，而是為了他人這一點，著實非常符合她的風格。

三緒操作淋浴的水溫調節板，設定成比平常還要燙一點的四十二度。為了消除睡意，讓身心提起精神，她轉動蓮蓬頭的開關。

蓮蓬頭噴出強勁的水流，三緒逃也似地快速關上門。脫掉襯衫和褲子，只剩下內衣褲，她站到洗臉臺前，打算解開綁頭髮的髮圈。

鏡子映照出的自己，並非接下來打算奮發努力，精力充沛的模樣。三緒見狀有點洩氣，同時想起一連串發生的事情。

儘管已經過了二十四小時，但畢竟只過了一天。說每件事就像上一秒才發生也不為過。惡夢般的時光結束後，自己竟然還打算沖個熱水澡，再次投身其中。雖然對自己感到有些無言，三緒還是脫到一絲不掛地走進浴室。

「好燙！」

雖然早有心理準備，但比想像中還要燙的熱水，還是令她不禁叫了出來。緊閉雙眼、咬緊牙關持續忍耐後，漸漸習慣水溫。

如果這種有如惡夢般的事件不斷在日常生活中發生，是否也會像這熱水一樣慢慢習慣？人會變得如此冷漠、殘酷嗎？

三緒從頭部淋浴著熱水，試圖沖散腦中縈繞不去，坂口的電視人言論。

坂口的話如願地掉落到浴缸下，隨著掉髮一起流向排水孔，但這次心裡卻浮現袋田說的話。

──就算有像妳這種人去管別人不該對死者說三道四的，每天還是照樣有人在死。明明因為紛爭、意外、生病，每天都有一大堆人死掉，為什麼被殺死的人就有特別待遇啊，蠢斃了。」

——有什麼理由非得去阻止死亡連鎖？

袋田是頭腦簡單、個性率直又粗線條的沒用男人。

但是，他純粹清澈的感想和話語，有時反而能點出事物的本質。透過影像扔出什麼特別，什麼不特別，讓觀眾思考是非。這不是非常民主嗎？電視就應該發揮這樣的效用。

絕大多數的人說是就是，說非就非。

從這種觀點看來，袋田所說的話才是少數意見。

但是，發現自己無法反駁時，三緒心中也確實感受到不公平。自己過去連這種事情都沒有思考過，面對荒唐的死亡連鎖，自己還能做什麼？

——但是，周圍的人是特別的吧。突然從自己身邊消失的人是特例。

三緒花了不少時間才將這些自問隨著熱水澡一起沖走。

濕答答的頭髮飄散著熱氣，三緒換上休閒的服裝，臉上的睡意全消。

一想到接下來要面對過去如此抗拒的惡夢，三緒甚至覺得有點可笑。

不過，只要《驚嚇地點指南》不在自己手中，起碼不會成為當事者吧。三緒認為重點在於應該由局外人從外部斬斷連鎖。

坂口也對三緒這麼說過：

「我之所以不讓你們把隨身碟帶回去，其中一個理由是怕你們不小心看到《驚嚇地點指南》的資料。根據過去發生的事情來判斷，就算出了什麼事也不足為奇吧？所以只好由我保管。調查隨身碟的事情在公司做比較保險。」

坂口是基於體貼，才不讓兩人帶回隨身碟。

三緒想著昨天還在一起的有加里的模樣，拿起一本桌上的書，尋找斬斷連鎖的線索。

儘管依然危險，但既然明白事情的來龍去脈，應該不會魯莽犯錯。尤其不能閱讀有關「鈍振村」的文章。這一點她應該做得到。

三緒也是女性，不太喜歡這種靈異恐怖類的東西。她這輩子看過的恐怖書籍寥寥可數。雖說是為了掌握線索，但對她而言也算是一種折磨。

「福岡的隧道啊。話說回來，成為挖臉屍體的直播網紅好像也去過這裡。」

三緒嫌棄地翻閱頁面，在各式各樣的文章中出現一張眼熟的圖片。那是松永亮失蹤前一刻的直播現場。

當然，三緒也看過那個直播影片。她在影片中看見《驚嚇地點指南》的封面。而直播的前幾天，真壁也曾拿過《驚嚇地點指南》這本書給她看。

在令人印象深刻的場面見過兩次這本書，即使書籍的裝訂設計再怎麼普通，也難以忘懷吧。

然而誰也沒有想到那本書會引發這種事件。

「栃木的……高齡化村落，就好比『鈍振村』。這種村子是不是還滿多的？還是說大多在栃木？」

疑似也有刊載在《驚嚇地點指南》中，那篇介紹「鈍振村」的文章，裡頭肯定藏有引發事件的肇端。

如果這裡有《驚嚇地點指南》，想必三緒再怎麼積極，也不敢拿起來翻閱，更別說閱讀那篇文章了。

『♪』

放置在桌上的手機響起ＬＩＶＥ的通知聲。

是誰傳來的訊息呢？三緒如此心想，朝手機伸手時，三本書映入她的眼簾，再次確認自己現在閱讀的這本書有多令人毛骨悚然。

想到接下來還要看三本，她便嘆了一口陰鬱的氣息，並且拿起手機。會在這種時間傳訊息來，肯定是袋田或是坂口吧。

若是坂口傳來的訊息，就表示是從書籍的檔案中發現了什麼線索，然而三緒卻下意識地祈禱希望是袋田傳來的訊息。

沒有什麼特別的理由，只是她現在想接觸的是那個單純又直接的人物……三緒反常地思考著這種事，拿起手機。

『縺繧薙縺縺吶�繧翫&繧縺縺吶�』

『縺昴%縺縺�k繧薙〒縺吶。�溘　莉翫。繧芽。後″縺縺吶�』

「噫！」

看見那則訊息的瞬間，三緒的手機掉落在地板上。

手機掉落時，翻到背面，平常隨身攜帶的手機，如今卻感覺像是截然不同的異物。

螢幕朝下，動也不動的手機，散發出詭異的壓迫感，三緒淚流不止。淚水宛如無色的鮮血般濡濕她的臉頰，這股沉默令她領悟到一切為時已晚，她打破沉默怒吼道：

「為什麼？為什麼啊！我又沒有讀那本書！」

三緒抑制不住，淚水撲簌簌地流下，好似被扔到嚴冬中的雪山，或是戒斷症狀般顫抖得全身無法動彈。

儘管沖過水溫高燙的熱水澡，她全身依然失去血色，感覺就像有一條長蟲攀爬在她的背脊，令人作嘔。

「唔、唔呃……嘔！」

超越極限的恐怖引發反胃，但三緒勉強忍住。然後發現一件過於自然的奇怪之處。

「該不……會……？」

三緒回想起自己把手伸向響起通知聲的手機時，放在桌上的書籍數量。她將顫動不已的視野移向桌面。盈眶的淚水更如瀑布般湧出，想催眠自己眼見不一定為憑。

「三本……？」

三緒從文西出版帶回家的書是三本。

桌上就放著那三本書。

目前為止沒有任何可疑之處。

然而問題並不在於桌上的三本書，而是「手中的那一本」。

三緒閱讀的一本書，加上放在桌上的三本書。

換句話說，本應只有三本書的這個房間內，卻出現了「四本」。這意味著三緒手上拿的那本書是「什麼書」。

上下排牙齒不停地碰撞的三緒，用她那宛如站在地震中心般顫抖的手，翻到封面，查看書名。

《驚嚇地點指南》

「啊、啊啊、啊、啊……為什麼……我，為什麼會……」

三緒眼前出現數千隻蚯蚓從腳下蠕動著身軀往上攀爬的幻覺。

不，應該說是錯覺才對。總之，將恐懼具體呈現出來的畫面，似乎逐漸奪去三緒的五感。

當然，那些都是幻影，但最渴望是幻影的手機「訊息」，卻是真真切切的事實。

面對即將降臨在自己身上的意想不到之事，三緒無法動彈，只能不停抽泣。

『已設定目的地。』

導航突然啟動。在恐怖與緊張之中，那道聲音令三緒頓時聯想到一件事。

與黑川分別時，從他的口袋傳來『下一個十字路口左轉。離目的地還有六公里。』的播報聲。

「我的手機從昨天就有點怪怪的。」真壁難為情地如此說道時，『離目的地還有二十八公里。沿路前行十二公里。』殘留在耳朵的播報聲。

「已設定目的地。」松永直播時流洩出的聲音。

「給我讓開！我會被追上的！有東西要追來了！」有加里驚慌失措的話語。

從有加里說的話，可以判斷導航自行啟動，即時播報有東西「正在追趕自己的實況」，但追趕人的究竟是什麼東西？

這些事情一口氣占領三緒的思緒，各自強烈地表達自我主張。三緒努力調整呼吸，試圖讓頭腦冷靜，尋找可疑之處。

「離目的地……目的地……？對象是會移動的人類，用目的地未免也太奇怪了吧……」

有一件事一直卡在三緒的心頭。

是關於有加里的事情。開車到福井的便利商店時，和追趕而來的「某種東西」之間的距離是一百公里以上。為什麼會瞬間就追了上來？

——莫非，不是追了上來……而是早就追上了？在哪裡追上的？

「……難道非得一直逃跑，不能停下來嗎？」

三緒停止了顫抖。正確來說，應該是靠意志力強行停止顫抖。

剛才還腿軟僵在地上打哆嗦的她，如今卻宛若他人，動作確實地拿起螢幕朝下的手機。

果不其然，導航啟動，顯示出「某種東西」出發的地點，與目的地三緒的所在位置。

「這裡是栃木的哪裡呢？」

出發地點指向栃木縣空無一物的地方。不清楚怎麼回事的三緒，放大地點後，便明白理由為何。

因為地點是鳥不生蛋的深山裡。

三緒連忙在附近的便條紙寫上地點住址，然後確認還有多久會到這裡的「預估抵達時間」。

「三十二小時……」

冷靜思考的三緒，心裡早已不再害怕。重點在於「某種東西」將「哪裡」設定為目的地。

「果然沒錯。」

三緒獨自斷定了一件事。

——她原本認為「被『鈍振亡者』追上就必死無疑」。但搞不好其實是「被『鈍振亡者』完全鎖定便必死無疑」呢……？

這麼想的話，就能解釋有加里當時的情況。定位指標之所以從大阪開始就沒有移動，是因為三緒他們開車逃向北方的緣故。

「某種東西」並非在追趕「他盯上的人物」，而是他也正在尋找對方。

換句話說，那個對象正是讀過《驚嚇地點指南》「鈍振村」文章之人。並不會牽涉到其他人……

被「某種東西」鎖定後，他將會不容分說地來到對象身邊。若是如此的話，便跟相距多遠都無關。

而且估計抵達時間只是概估，並不準確。

那麼，為何他們三人在一起的時候，「某種東西」沒有出現在有加里的面前？

若是被鎖定的那一刻起就必死無疑的話，他沒有不顧一切出現在車裡不是很奇怪嗎？

「某種東西」鎖定了對象卻沒有出現。三緒能想到的理由有下述兩點：

・持續開車移動，無法固定在一個場所時便無法鎖定。

・跟別人待在一起時，即使鎖定對象也不會現身。

若是能利用這兩點順利逃離「某種東西」的話……

三緒認為持續開車移動這一點不切實際。因為照這個論點執行的話，順道去便利商店，停車時就破功了。

如此一來，利用刪去法只剩下「跟別人待在一起時就不會現身」這一點。

換句話說，不能讓對象單獨一人。不管位於什麼場所。

「對了！那我只要找人陪就能逃過一劫！」

三緒不禁大叫出聲，隨後又冷靜下來。

——不能單獨一人……那上廁所的時候呢？洗澡的時候呢？有辦法跟別人二十四小時如影隨行

嗎？

她想起有加里失蹤時的事。讓她一個人待在車裡短短數分鐘，她便下落不明。

從這個狀況推斷，嚴格來說，或許並非「不能放她一個人獨處」，而是「不能將視線從她身上移開」。

這個假設附帶著巨大的犧牲。倘若她的假設無誤，就代表有加里早已被「某種東西」……不對，是被「鈍振亡者」鎖定。意味著她已死劫難逃。

——既然如此，至少……要在我這裡停止，這種慘酷的事……

三緒做出驚人之舉。她拿起《驚嚇地點指南》，將便條紙放在手邊，接著閱讀。

「夜葬」

位於栃木縣深山，與外界完全隔離的鈍振村自古流傳的習俗。

這個村莊的村民篤信人的臉孔是「向神明借來的」。死後不論男女老幼，臉孔都要被挖出來，還給神明。剜挖出來的臉孔，則會嵌入缺少臉部的地藏，意味著將借來的魂魄，歸還神明。這種戴著人臉的地藏，稱之為「鈍振地藏」。

而將臉孔歸還神明的死者，則是被視為駛向陰間的船隻。村民會在死者挖空的臉部盛滿如小山般剛煮好的白飯，讓他在前往陰間的路途不致於挨餓。

因此，這個村莊稱呼臉部被剜挖的死者為「鈍振亡者」，這也是村名的由來。「鈍振亡者」搭乘前往陰間的船隻（身體）離開人世，勢必是在夜晚，所以這個村莊弔唁死者的儀式一定在夜晚舉行。這便是鈍振村獨有的葬送習俗，稱之為「夜葬」。

那篇文章記載著上述內容。跨頁的左側奇數頁刊戴著一大張臉部被挖空，人稱「振鈍亡者」的噁心圖片。

當然，三緒看過與那一模一樣的屍體——松永父子。三緒硬是嚥下胃液逆流的感覺，噙著淚水瀏覽文章的全部內容。

文章的最後出現「交通方式」這個標題，以及鈍振村的詳細地址。

『下一條岔路左轉。』

每當播報聲響起，三緒便鼓舞意識到死期將近、快被恐懼感吞沒的自己。她拿起手機，啟動LIVE。將抄下的栃木縣地址傳送給坂口後，叮嚀他絕對不要瀏覽《驚嚇地點指南》的資料檔。

「呼……」

她之所以將鈍振村的地址傳給坂口，是因為這個資訊只有讀過那篇文章的人才知道。

她又傳了一則訊息，表明如果自己遭遇不測，希望他來上述地址尋找線索。

若是「鈍振亡者」找到自己，她也能把停止連鎖的重責大任託付給袋田和坂口。

——我要死，應該會死在這個村子。只要在村子留下什麼痕跡，一定能指引他們找到答案。

三緒將所有能想到的事情都處理完畢，不過當她傳送訊息給坂口時，又將剛才收到的亂碼訊息重新看了一次。

「你在那裡啊……我立刻過去找你……」

三緒唸出坂口解讀的亂碼文，就在方才她終於理解這句話的意思。事到如今也明白訊息內容的『你在那裡啊』是指什麼意思。

LIVE的畫面，明明是對方單方面傳來的訊息，卻顯示出『已讀』兩個小字。越看越恐怖。

——如果，我回覆訊息會怎麼樣？

三緒突然湧起這個念頭。

『請不要來我這裡。』

她伸出微微顫抖的手指回覆訊息。數秒後，三緒傳送的訊息顯示『已讀』，同時傳來下述句子：

『繧上。繧翫∪縺勵◆縲◎後〒縺縺→縺溘�螟莠九→莠縺縺縺薙m縺縺�縺縺吶　�』

「回我了……？」

三緒完全看不懂回覆的訊息內容，但發生了一件她意想不到的事。那是三緒鼓起勇氣面對後，產生的結果。

『目的地已更改。』

八 袋田巽

當天晚上七點某分

袋田與坂口和三緒分別後，一個人回到波吉特。坂口通宵調查文西出版，而三緒則是不斷絞盡腦汁處理接踵而來的問題。

兩人先回家消除一整天耗費精力的疲憊，但袋田沒有回家，而是回到公司。

其實袋田內心焦躁不已。自己做不到、想不到的事，三緒都一一完成，令他深深感受到自己的無能為力。

——必須在這時扳回一城才行。

為了調查事件隻身回公司後，他蜷著背坐到辦公桌前。當三緒在自己眼前被坂口教訓得狗血淋頭後，袋田再怎麼渴望，也不敢跟坂口討隨身碟。

迫不得已，他打算盡己所能，在網路上調查資料，能查到多少算多少。

就算周圍的人嘲笑他只查網路也罷。就算有其他調查方法，但袋田缺乏相關知識，無法像三緒或坂口那樣駕輕就熟。所以他才想，至少在自己的可行範圍內蒐集資訊。

況且，他的焦躁並非因為嫉妒三緒，而是心急自己無法幫上三緒的忙。三緒即使害怕，仍然為有加里、市原以及其他犧牲者著想，勇於面對事件。他在不知不覺間早已認同三緒這樣的態度。

因為自己辦不到，才想要多少協助她。

說話笨拙的袋田無法將他的心情完整地表達出來，重點是，他的自尊心不允許他示弱。他的個性促使他做出這樣的行動。

像這樣默默地在背後努力，確實培養能力的他，搞不好將來會是個出眾的人才。雖然從他等不及電腦啟動便不斷點擊滑鼠的行為，看不出端倪就是了。

袋田是在晚上六點出頭時回到波吉特。明明是秋風與冬天的寒風交替的時期，袋田卻總是穿著同款黑色連帽服和褲子。

因此在其他職員下班回家的這個時刻，他整個與辦公室的黑暗融為一體。

沒開空調的室內越來越冷。

氣溫有些寒冷，袋田並不以為意，但晚餐好歹還是想吃些溫熱的東西。如此心想的袋田，便到附近的便利商店買便當。因為他的調查工作已小有成果，所以才敢放心地出去買晚餐。

袋田臉部直接湊近，緊貼著電腦螢幕，調查文西出版、他們的刊物，以及相關人員。

結果黑川敬介果然牽涉其中。

從複數的社群網站和出版社部落格留下的痕跡，得到的資訊是，黑川輾轉換了幾家出版社，從文西出版離職似乎是這一年來的事。

對體力信心十足的袋田，幾乎徹夜未眠，甚至還想留在公司繼續調查。

踏進便利商店後，袋田直接走向便當區。他的喜好十分簡單，飯糰喜歡吃鮭魚和梅子口味的；便當則是喜歡油炸類，或是漢堡排、蛋包飯。口味跟小孩沒兩樣。

由於是晚餐時分，便利商店的便當、熟食區，食物充足。總是不小心買太多的袋田，今天也依然沒有記取教訓，在購物籃裡放入吃不完的量。

「先拿完目標物，再逛店內」已逐漸成為他來便利商店時的固定流程。他的腳步走向雜誌區。

「好久沒玩吃角子老虎了。沒玩感覺沒放鬆到呢。不過，當成省錢就好。」

明明不感興趣，還是從最後一排開始瀏覽過去，邊走向收銀檯，結果中途經過單行本區。他抱著碰運氣的心態，試著尋找《驚嚇地點指南》，但當然不可能找到。

要是在這種地方找到，自己也會嚇得驚慌失措。袋田想像那副場景，覺得很好笑，嘴角上揚，面帶微笑地到收銀檯結帳。

袋田回到辦公室後，從袋子拿出飯糰和飲料，打開包裝大口咬下。

口中塞滿食物，像隻倉鼠般鼓著臉頰，邊左右晃動著椅子邊滑手機。

當他啃完五個飯糰，伸進袋子打算拿出下一個飯糰時——

「……嗯？」

指尖觸碰到的並非飯糰的觸感，而是硬物。沒錯，是像書一樣的觸感。袋田並沒有買書。

他買的只有飯糰、炸物和飲料。

觸碰到憑空出現的那樣東西時，袋田瞬間打了幾個寒顫，彷彿有冰塊滑進他的肩胛骨之間。

他深信這肯定就是「那樣東西」，便一把抓出袋子。

《必殺必勝狂熱吃角子老虎》

「喂！」

出現的是吃角子老虎雜誌的封面，袋田不由得自己吐嘈自己。

仔細回想過後，感覺自己好像不自覺地把這本雜誌放進了購物籃裡。

應該說，他完全認為自己根本沒買書，但越想越確定自己其實買了。

「唉，我果然累了。是不是該乖乖回家休息啊？」

他靠著椅背，凝視著辦公室的天花板，心想稍微補一下眠好了。

儘管自己憑著幹勁和毅力，火力全開撐到這個地步，但他發現有些部分還是無法單憑幹勁和毅力解決。

袋田單手拿著手機，走向訪客用的沙發，將手機放在桌上後，倒臥在沙發上。只要補眠補個一小時左右就好。他如此心想，閉上雙眼等待睡魔降臨。

『已設定新的目的地。』

袋田沒有立刻睜開眼睛。

剛才的聲音是夢中還是現實響起的？他手邊既然沒有那本書，自然不可能響起導航播報聲。如此判斷，當然是前者的可能性較高。

他發現自己也已經疲累，所以才打算補眠。那麼那道聲響肯定是快要入眠前聽到的幻聽。

——現在是一有風吹草動就自己嚇自己嗎？看來我比自己想像中的還要疲倦。

在自己所認知的範疇內，「那個」不可能出現在這裡。越是如此深信，便越覺得剛才的聲音果然是幻聽。

『距離新的目的地還有一百四十公里。』

那不是玩笑，也不是幻聽。

的的確確是在自己閉目等待入眠時，響起的聲音。

冷汗搶在袋田睜開眼皮前，噴發而出。他不斷在心裡叨念著這不是真的。僵硬了十幾秒後，袋田猛然從沙發上跳起，望向桌上的手機。

果不其然，導航自動開啟，目的地顯示這個場所。

袋田注意到的不只這一點，還有從栃木方向前往這裡的速度。

不知是搭車還是在空中飛行，對方並沒有按照導航的路線走，而是筆直地朝這裡前進。

「不會吧！這該怎麼辦才好啊！」

在全身大汗，恐懼奪走體溫的狀態下，袋田思考著現在應該怎麼做，但是想出的辦法都無法解決問題。

他胡亂搔了搔頭。

「啊啊，真是的！」

獨自大叫後，他跑到茶水間，打開流理臺下的櫃門。

兩支菜刀掛在菜刀架上。他拿起不鏽鋼的大菜刀後，跑向位於公司內側的男更衣室。

波吉特有社會人士棒球社團，袋田也是社員。無奈他總是以工作為優先，沒有時間參加練習和比賽。

因此幾乎變成了幽靈社員，由於他的運動能力強，社員判斷他只要偶爾來當救兵就好，便默認他的行為。

所以他其實有好幾個月沒來這間更衣室了，他來這裡當然不是為了練習棒球。

「放馬過來啊。老子會奮力揮棒，打個場外全壘打！」

好幾根金屬球棒如同插花般直立在籃子裡，袋田拿起其中一根。

袋田鼓舞自己能戰勝恐懼的只有腎上腺素，在無人的辦公室獨自吶喊。

『路線有所變更。』

突然響起的導航聲，打斷袋田的情緒。

袋田疑惑地望向手機，發現畫面產生了變化。直到剛才為止，手機都還是地圖上顯示著箭頭，以飛快的速度前往這裡的畫面。

如今地圖卻一片漆黑，只有一條紅線筆直地朝這裡沿伸而來。而紅線的上方則顯示搖晃旋轉的箭頭。

「這是怎麼回事啊……」

在袋田嚥了一口唾液，鳴響喉嚨，直盯著手機時，畫面上的目的地名稱又改變了。

原本顯示『波吉特股份有限公司總公司』，突然扭曲歪斜，變成了『袋田巽』。估計抵達時間也從原本應該要顯示『〇〇分』，變成了『夜葬』。然後，出發地點也產生了變化。

『鈍振亡者』

「嗚喔喔喔喔！」

恐懼。

前所未有的恐懼。但是袋田大叫出聲，試圖強迫自己克服恐懼。將自己絕不會認輸的信念，化為力量。

『下一個紅綠燈，周邊的，左車道，前進五樓，人行穿越穿越穿越穿越道可以即將抵達祇園站交通規則再來一碗嗎？』

導航模式亂七八糟湊在一起播報，令人精神錯亂，袋田領悟到自己無庸置疑正一步一步被逼入絕境。

即使望向手機螢幕，上頭也已經沒有顯示離目的地還有多少距離，只寫著『疊一顆是為了爸爸』。

「吵死了！開什麼玩笑、開什麼玩笑！別鬧了、別鬧了，我才不會輸！」

袋田在四下無人的室內，揮舞球棒大聲喊叫，使勁敲打長椅上的抱枕後，再次吶喊。

不管三緒盯著手機再久，螢幕也沒有出現任何變化。從那之後，導航沒有啟動，打開ＬＩＶＥ

一看，那些亂碼的訊息也已消失無蹤。

如果導航是因為當時在LIVE裡回覆訊息而停止的話，必須把這件事告訴別人才行。

三緒考慮要告訴坂口還是市原。

既然市原聯絡不上，用刪除法就只能選擇坂口。不過，坂口雖然是自己的上司，但也不過是一介製作節目的製作人。那麼果然應該告訴警察嗎……

——告訴警察，警察也未必會信。況且昨天還發生有加里小姐失蹤跟屍體事件，反而會被懷疑！而且現在還不知道書會跑到誰手上……

三緒如此思忖後，將目光移向擺放書本的桌子。倘若這本書會出現在這個連鎖攻擊的對象身邊，那麼應該會從自己手邊消失。這是三緒鑑於過去的現象所做出的推測。

「有，還在！」

不過，《驚嚇地點指南》卻出乎她的意料之外，仍擺在桌上。三緒的腦中同時得出一個結論：

「書既然還在，是否代表自己還沒逃過死劫？」

換句話說，接下來有可能還會發生什麼事。光是這麼想，三緒又湧現一股胃部深處即將噴發某種冰冷物體的恐懼感。

要是導航又啟動該怎麼辦？要是又傳來LIVE的訊息該怎麼辦？怎麼辦？怎麼辦？怎麼辦？

以為逃過一劫而感到安心時，現實卻是如此。若是回覆ＬＩＶＥ訊息無法直接解決問題時，又該如何是好？

剛才只是誤打誤撞，下次就算再回同樣的訊息，大概也在劫難逃了吧？

三緒左思右想，千頭萬緒，反而越來越不知道自己接下來該怎麼辦。

「如果是袋田……他會怎麼做？」

腦中浮現另一名可靠男子。

剛才煩惱應該將「回覆ＬＩＶＥ訊息就能逃過一劫」這件事告訴誰時，三緒之所以沒有想到袋田，是因為他的立場跟自己相同。

這件事必須告訴比他們兩人擴散力還高，能行使一定權力的人物才行。如果不這麼做，就無法解決根本問題。

至少三緒是這麼想的，所以才會排除跟自己立場差不多的袋田。

不過，若是這個連鎖還停留在三緒身上，那又另當別論了。

假設「祂」尚未離去，果然應該前往鈍振村一趟嗎？

明明自己下定決心要斬斷連鎖，卻可能將「振鈍亡者」推給素不相識的陌生人。

目前三緒的心境很複雜。

雖然曾經懷抱著必死的覺悟，不過一旦知道詛咒的矛頭沒有朝向自己時，卻又下意識地鬆了一口氣。光是想到也許只是將自己的死劫轉嫁到他人身上，三緒的良心就被強烈的罪惡感所侵蝕。

——我到底該如何是好……

她並不想做出自己選擇死亡這種愚蠢的行為。

但也不想將規避掉的劫難再次轉回自己身上。

淚水不自覺地湧出，全身顫抖。她再次由衷地渴求那名男子的幫助。

三緒立刻撥打手中的手機給袋田。

「喂？袋田……」

『你是誰啊！隨時放馬過來！』

袋田在來電答鈴響起第三聲的時候接起。不過，就算他再怎麼討厭三緒，這種態度未免也太惡劣了吧。

「喂，幹嘛這麼說啊！我是哪裡惹到你了啊！」

袋田平常的粗暴態度，將三緒煩惱的心情一掃而空，令她不自覺扯開喉嚨抱怨。

『啥？喔喔，原來是朝倉喔。』

袋田剛才似乎不知道來電的人是三緒。

三緒正想砲轟袋田無禮的態度時，似乎發現到他的狀況。

從聲音來判斷，袋田似乎上氣不接下氣，在語句的空隙間不斷急促呼吸。

「袋田，你到底在做什麼啊？為什麼會不知道是我打電話給你？」

『我的手機不對勁。而且我也聽到那個導航聲了。現在正在公司等那個挖臉妖怪！』

「你說導航聲，怎麼會！」

『我手邊也沒出現《驚嚇地點指南》啊，為什麼！我完全沒頭緒，妳知道為什麼嗎！』

從袋田口中聽到這句話的瞬間，三緒全身僵硬，甚至忘了眨眼。

宛如只有她的時間被奪走，停止流逝。那麼花了多久，三緒才感覺時間又再次流動？

感覺像是經過整整一天那麼久，又像是一瞬間那樣短。

『喂，朝倉！妳是怎樣，說話啊！』

三緒之所以會僵在原地，是因為她心裡有數，袋田為何會處於那樣的狀況。沒錯，因為她回覆了LIVE的訊息。

『請不要來我這裡。』

搞不好就是因為她打了這句話，「鈍振亡者」才去找袋田。

既然《驚嚇地點指南》在她手邊，就代表「三緒把死劫轉嫁給袋田」，只要他尚未犧牲，這本書就會一直在她手上吧。

這與其說是假設，對她來說已經近乎確信。

「你馬上離開公司！我去找你，絕對不要停下來！」

『我知道了，我會照做。但是我的手機無法操作，該怎麼跟妳聯絡？』

三緒思考了一下，指示袋田坐計程車移動。到三緒家附近的中野車站會合。

袋田之所以會老實遵從三緒的指示，是因為有加里失蹤時他也在場。

他心裡察覺到，也許只要不停移動，拉開距離，就不會被追上。

三緒無暇思考，決定前往「鈍振村」。為了消除自己犯下的罪過，她只能跑一趟。

儘管各懷心思，但就結果而言，兩人或許早就成為了最佳拍檔。三緒穿著運動服，外面只套上一件外套，便拿著書衝到外頭，奔向中野車站。

「都是我害的，都是我……」

三緒連眼淚都忘了擦，穿梭在夜路上，同時為自己的無心之過感到後悔。

｜一月六日零點某分　栃木縣內國道

惡夢尚未結束。在日期變換不久的時刻，三緒和袋田默默無語地坐在計程車後座，正在前往某個場所途中。

在中野車站順利與袋田會合後，三緒直接告訴司機開往栃木深山。稍微停留一下都令她害怕。

栃木深山是《驚嚇地點指南》中記載的「鈍振村」所在地。

在無人可以依靠的情況下，唯一的辦法就是前往死亡連鎖的根源地。

雖然到了那裡，也未必能找到停止連鎖的突破口。但比起停止連鎖，三緒一心只想拯救袋田。

要是「鈍振亡者」正在追袋田，那麼至少兩人待在一起的時候袋田不會被抓。

當然，三緒並不確定這個假設是否成立，但是可信的情報就是這麼少。

起碼目前三緒的假設可說是正確的吧，因為袋田還好好地活在她身旁。

從都內坐車到鈍振村要三小時。只要繼續開下去，應該不到一小時就能抵達。

「啊，請在那邊的便利商店停一下。」

在計程車即將開進山路時，三緒指示司機順道繞去便利商店。

「明知道禁止停下，為什麼還這麼做？」袋田對三緒發牢騷。

──對喔，袋田還不知道那件事吧……

「總之，現在即使冒險也非得帶一樣東西去才行。」三緒如此回答袋田。

三緒請司機稍等一下後，立刻下車，然後抓起袋田的手，催他進便利商店。

「喂、喂！妳打算幹嘛啊？朝倉！」

「喂，別害羞嘛，都一把年紀了！這麼做，我會安心一點。」

「為什麼是妳安心啊！被盯上的是我，要說也是我來說這句話吧！」

袋田明顯掩飾不住內心的動搖。如此說道後，想要甩開三緒的手，但三緒卻絕不放開。

袋田再次喊了一聲：「喂。」於是三緒在自動門前面向袋田。

「……拜託你，袋田。」

三緒直勾勾地盯著袋田，表情嚴肅的說道。

「啊，咦？喔，喔。我、我知道了啦。」

袋田大概是第一次看到三緒如此誠懇地拜託自己吧，便難得地微微低頭，移開視線，發出口齒不清的回答，蒙混過去。

三緒穿過自動門走進店裡後，便直接走向某區。

袋田看見那區後，明顯露出疑惑的表情，視線在三緒注視的地方與她的臉之間來回游移。

「喂，妳在開什麼玩笑啊？是肚子餓了嗎？」

「那也買這個給我。」袋田說道後，朝鮭魚和梅子口味的飯糰伸出手。

三緒停下腳步的地方是，便當和熟食區。

「妳說無論如何必須帶的東西，就是這個嗎？妳是有多餓啊？」袋田傻眼地如此說道後，嘆了一口氣。

「我可能會死耶！妳還幹得出這種事，該不會妳其實是盼著我死吧？」

袋田回到計程車上後，看向窗外，鼓著臉頰大口咀嚼著飯糰。而三緒則是專心一意地埋頭閱讀《驚嚇地點指南》，並沒有動口享用她買來的「食物」。似乎也沒有聽見袋田說的話。

袋田瞄了一眼三緒，接著看向剛才在店裡牽手的手掌。露出複雜的表情後，將手插進口袋。

「所以，妳不吃嗎？」

袋田指著三緒買來，放在袋子裡的東西問道，但三緒只回答：「那不是買來吃的。」沒有多說。

不久後，當袋田吃完梅子飯糰時，計程車正好抵達漆黑的山中，司機一臉擔憂地詢問：「真的可以把你們放在這種地方嗎？」

袋田將飯糰的包裝袋揉成一團，並且簡短的回答後，司機便不再說話。大概是不想被捲進麻煩事吧。

車頭燈劃破黑暗，照射出山路。兩人在山路上前進不久後，在深夜一點抵達地圖上標明的村落附近。

下車的兩人處於宛如墨汁打翻般的黑暗中，袋田用從公司帶來的手電筒照射路面，走向顯現於狹隘視野中的蒼鬱山路。

「喂，妳確定嗎？超暗的耶，真的有走對路嗎？」

「我不確定耶，但我是照導航走的。」

「連在這種狀況下都必須使用讓我們吃了不少苦頭的手機導航，感覺我們被控制了呢。」

三緒在計程車內，向袋田坦承一切。

告訴他發生在自己身上的事，以及恐怕因為自己，「鈍振亡者」才改為找上袋田的事。她哭著向袋田道歉。

不過，袋田沒有對此表達任何意見，也沒有責備她。只是氣勢十足地扔下一句：「我要用帶來的金屬球棒打倒祂！」

因為袋田明白。

明白三緒也體會過脫離常軌的怪異狀況，並且絞盡腦汁逃脫劫難。

雖然袋田並沒有把她當成搭檔，但還是認為她是這段期間同甘共苦的夥伴。

袋田希望三緒並非搭檔，而是強敵、對手。

所以互不相欠。

就算三緒害「鈍振亡者」找上自己，自己因此喪命，他無論如何也不會憎恨三緒。

袋田強烈地這麼認為。

三緒也一樣，雖然不如袋田的情感強烈，但她也受到強烈的使命感驅使，勢必要想辦法救他。

兩人各懷心思，在這漆黑的山路上行走著。

十一月的山中寒冷得令心臟緊縮，但兩人憑著不服輸的意志，不斷地朝深山前進。終於，導航通知已到達目的地。

「到了耶，但是這裡根本沒住人吧？」

三緒照射的前方有一間腐朽的木屋。移動光線後，隱約可見微凹的窗框和漆黑的屋內。木頭受到歲月的摧殘而腐朽，年久失修的牆壁四處斑駁，天花板和地板崩塌。

即使視野狹窄，靠近一看還是看得一清二楚。

「書上明明寫的是高齡化村落……刊載在《驚嚇地點指南》上的圖片也不是這副模樣啊！」

漆黑中，三緒手電筒發射出來的光線宛如生物般蠢動。

縱然光芒微弱，但這座村莊衰敗到連手電筒的小小圓光都能得知這個事實。

三緒剛才還在閱讀的《驚嚇地點指南》上刊載的村莊，確實已逐漸腐朽落沒，但從圖片上看來還是能感受到人煙。

然而，在黑暗中擴展開來的這座村莊卻並非如此。

無光、無味、無聲，一片死寂。是個毫無生氣的「死村」。

「就算這本書是一年前製作的，不過才短短一年會變成這副模樣嗎……」

三緒像是不相信眼前所見，稍微四處逛了一下後，發現砂石路旁有一道矮石牆，牆上長滿了青苔，排水溝也堆滿了落葉和果實。

袋田看到這一帶杳無人煙、荒廢的模樣後對三緒說：

「高齡化村落應該是與外界隔離的小聚落，村民都是些老人的地方吧？這裡別說是高齡化村落了，根本是廢村吧。」

正如袋田所說，他們抵達的這個地方是廢墟的集合體，也就是廢村。

這裡確實有人生活過的痕跡，但如今已全盤停止。

從這個村莊的大小來判斷，即使全盛時期大概也只有幾百，不到千人的居民。

「這本《驚嚇地點指南》……對『鈍振村』描寫得鉅細靡遺。這類書通常不會記載文章來源的地點，但《驚嚇地點指南》卻有。而且不只這個村莊，其他地點也有寫上地址。

但是唯獨『鈍振村』還附上了地圖。宛如就像是在召喚讀過這本書的人『過來這座村莊』。」

「嗯，好毛喔。文西出版這家可疑的出版社，到底想幹什麼啊？」

往前走沒多久，便看見村莊的入口，這個地方簡直就像是得了圓形禿的山。荒廢陰森，有一股拒絕來者的壓迫感。

這裡或許是禁止任何人進入的詛咒村莊。

「喂，朝倉。這裡到底有什麼啊？」

袋田邊用手電筒照射，邊詢問在某間房子停下腳步的三緒。

「這裡，是公民會館……」

「公民會館？算了吧，鄰居聚會嗎？難不成一堆鈍振妖怪還聚在一起開宴會嗎？不能吃、不能聊、不能看、不能聞。這樣哪裡好玩啦？」

袋田說的笑話還真是冷呢。三緒如此心想，嘆了一口氣。

──為什麼我會對這種處男（推斷）廢物……

接下來的話，就算在心中，三緒也沒有說下去。因為她不想承認自己的感情。

「所以？那間公民會館裡有什麼嗎？」

「對。《驚嚇地點指南》裡有這間公民會館內部的圖片。」

「有是很好啦。妳也讓我看一下吧。那樣不是比較快嗎？」

「不行，袋田。雖然『鈍振亡者』盯上的是你，但你只是『我的替死鬼』。只要這本書在我手上，目標就依然是我。要是你看了這篇文章，被設定成目標，就更糟糕了。」

袋田答道：「是嗎？」但還是一副無法釋懷，陷入沉思的樣子。過了數秒後，似乎無法接受地開口：

「喂，妳的意思是，要在這裡讓『鈍振亡者』重新把矛頭指向妳嗎？」

「是的。」

「……不玩了，回去吧。」

「喂，放開我，放開啦！」

三緒洪亮的聲音被吸進了夜幕。

袋田握住三緒的手，打算原路返回。三緒胡亂揮動想要甩掉他的手，但憑三緒的力量，怎麼可能甩開袋田。

不過，三緒還是不斷揮舞被抓住的那隻手，執意前往公民會館內。

「站住，朝倉！喂，傻蛋！」

袋田一把抓住不顧制止的三緒肩膀，硬是將她轉過來面對自己。袋田緊盯著三緒黑暗中隱約可見的臉，嚴厲地說道：

「我告訴妳，不管妳頭腦裡在想些什麼，但我要親手了結這樁事！別擅自決定我的全力揮棒不管用。我才不會輸給什麼鈍振妖怪！妳以為像妳這種手無縛雞之力的陰沉女，有辦法對付得了祂嗎？別小看人了，醜女！」

——你到底是在安慰人，還是損人啊？笨蛋。

面對袋田刀子嘴豆腐心的「本色」，三緒無言以對，只能沉默不語。

想主張、想反駁的話像山一樣多。

然而她卻發不出聲音，因為涕淚俱下，令她喘不過氣。

「我是認為妳應該能解決這莫名其妙的事態，才跟妳來的。如果妳來這裡是想做什麼傻事，我們就回去！聽好了，如果能在這裡解決事件，就能製作令人跌破眼鏡的特別節目。如此一來，我們就能揚眉吐氣，脫離菜鳥啦！」

「……你真的很傻耶。」

「哼，我就當作妳在稱讚我好了。」

「我知道了。雖然產生了一點誤會，但不管對方盯上的是你還是我，我本來就是為了斬斷連鎖才來這裡的。這一點沒有改變。走吧，袋田。」

「妳那動不動就生氣的狂妄態度真不賴呢。要是下次妳還有什麼無聊的念頭，我就在鈍振妖怪的面前用球棒打爆妳的頭。」

三緒擦拭眼淚，拉動公民會館玄關的拉門。但似乎上了鎖，打不開。

搖晃了幾次拉門，依然不動如山。袋田不耐煩地叫三緒退開後，舉起手上的金屬球棒破壞拉門上的玻璃，自己開了一個入口。

「看吧？」袋田莫名尋找三緒的認同笑道。

三緒對袋田野蠻粗暴的手段目瞪口呆，但在這種情況下，還是認為袋田的判斷替自己解了圍。因為換作是她，應該只會執意地一直晃動拉門。

公民會館裡，跟兩人踏進村裡時的感想相同，破損得實在不像是只擱置一年而已。

袋田一臉嫌棄地向前進，偶爾拿起手中的球棒打散蜘蛛網。

三緒往裡頭走，在某個房間停下腳步，用光線照射攤開的《驚嚇地點指南》。照射的頁面刊登著現在所處的房間，據說以前是用來開會的。

「吐～確實是這個房間呢！而且好多書喔。」

「喂，你看什麼看啊！沒聽見我剛才說……」

「妳在說什麼啊？只要連鎖停止，看不看都無所謂吧。況且我們現在是命運共同體耶。」

三緒一時惱怒，想要回嘴。袋田不理會她，參考圖片的排版，在黑暗中摸索，尋找書櫃。

袋田隨後告知找到書櫃，縱然無奈，三緒還是將燈光往那個方向照。

書櫃上擺放著數十本書。

每本都是平凡無奇的資料書或小說，但其中有三本書特別突兀。

「這是……」

《奇奇怪怪地名由來》、《破解都市傳說》、《嚇破膽網路怪談》……

「是文西出版的書。這表示出版社的人果然有來過這裡吧？不過……」

袋田用不著接下去說，三緒也明白他想說些什麼。這三本書明顯比擺放在兩側的書籍還要新，並非單純只有書本新舊的問題。

那三本以外的書，呈現很久以前就放在那裡的狀態。換句話說，怎麼看都是「變成廢墟前有的書」與「變成廢墟後放的書」兩者之間的區別。

從這種狀況下提出的假設，實在太不切實際、荒唐至極。

「這表示他們來過變成廢村的『鈍振村』採訪嗎？那這些圖片呢？『鈍振亡者』的事情又是從哪裡聽來的？」

「喂，朝倉。妳看一下這個。」

袋田通知三緒他發現了一些東西。

三緒回過頭後，袋田指向折疊式桌子的桌面。上面放著一本攤開的厚文件夾。

「這好像是日誌，但奇怪得很。」

三緒反問：「奇怪？」並且走到袋田的身旁，照射日誌。

袋田說發現時已經攤開了。

三緒拿起文件夾，下方積了一層灰，但是攤開的頁面卻沒有積灰塵。從這兩點來推測，這應該是最近才放在這裡的吧。

「被撕掉了。」

文件攤開的接縫處、固定紙張的綁繩上，附著著紙片。大概是用力撕下時留下的。

「雖然不知道被撕走了幾頁，但感覺像是剛才才翻開的……」

「剛才？別傻了，誰會來這種地方啊。而且公民會館的玄關是鎖著的。」

「公民會館的玄關是你懶得找其他入口，擅自破壞的吧。在這種廢墟，從哪裡進來並不是重點。何況說到最近來過這裡的人，我們心裡都有數吧……」

話都說到這個份上了，袋田還是傻傻反應不過來。

「是市原先生來過這裡。」

三緒確信市原看了《驚嚇地點指南》。

他恐怕是抱持著跟三緒同樣的目的……為了斬斷連鎖，挺身而出來到這座村莊。

來到圖片上的公民會館後，打開這本文件夾，撕走了幾頁吧。

三緒推測到這裡，卻不明白市原為何要撕走這幾頁。

她將視線落在沒被撕破的頁面，發現是一九五五年十一月二十七日的日誌。

她心想這是什麼日誌，結果只是村莊還在運作時，村長和幹部所寫的普通日誌。內容平凡無奇，寫著當天發生的事情或是村民的狀況。

「馬上就要舉行福祀。因為第二次世界大戰開戰而中斷的福祀，相隔十七年又再次復活，村民們也充滿了活力。還教導孩子們這是能成為這座村莊的守護神，這種重要的意義。果然我們村子就該遵從村子的習俗，才是最適合的。今天也晴空萬里，看來福神也對祭祀的復活感到開心，這個十一月沒有人死亡。」

「沒有人死亡？這是什麼意思？而且一九五五年，是六十年前？」

這裡的所有物品都古老腐朽，就連那本文件夾裡的日誌也十分陳舊。但是文件夾本身看起來卻是比較近年來的物品，三緒因此有些不解。

她又往回翻閱日誌，翻到隨便一頁停下。

「一九五四年一月三日

這個月也有兩人死亡。雖然村民說不是，但肯定是因為停止夜葬的關係。就是因為停止夜葬，吉藏和松代才會死的。批評村名由來的習俗，說什麼不人道、不適當，用這種理由廢止夜葬的，是黑川家的兒子。我是不知道他在大城市看到了什麼，但絕對不可以把村外的規矩帶進來。蠢貨。」

「夜葬！上面提到夜葬！」

「真的假的，上面都寫些什麼！」

「等一下。」三緒翻到其他頁，查看還有沒有寫到其他關於夜葬的資訊。

但是內心焦急，又只能靠燈光閱讀，再加上紙舊、頁數多，資料龐大，實在無法輕易地從日誌中截取「夜葬」的資訊。

「不行……找不到其他的了。至少得在明亮的地方慢慢尋找才行。」

三緒翻回原本攤開的那頁後，跳過被撕破的頁面，翻閱下一頁。

「十一月三十日……」

十一月三十日並沒有記述有關「夜葬」和「鈍振亡者」的資訊，跟其他頁一樣，描寫日常生活。

「被撕走的頁面，是十一月二十八日跟十一月二十九日啊。不知道有什麼意義？話說回來，妳不是來這裡找其他東西的嗎？」

「啊，對喔！既然有這本日誌，搞不好能找到喔，袋田。」

三緒拍了一下文件夾說道：「來找跟這本文件夾一樣的日誌吧。」

「日誌，不就是那本文件夾嗎？」

「沒錯，但我們要找的是一九三九年以前的日誌。

看了《驚嚇地點指南》中刊載的這個房間的書櫃，我想日誌上……應該說可能有書籍會記載有關『夜葬』和『鈍振亡者』的事情。

我猜市原先生一定也跟我抱持著同樣的想法，才來這裡的。然後發現了這本日誌……」

「是喔。我知道了，只要找日誌就行了吧。但為什麼要找一九三九年的？」

「市原先生翻開的這本日誌提供了線索。我本來打算一本一本找的，多虧了他，讓我縮小範圍。

這裡提到『第二次世界大戰開戰而中斷的福祀，相隔十七年又再次復活』，恐怕從一九三九年到一九五四年之間都沒有舉行『夜葬』。如此一來，只要找到戰前一九三九年以前的日誌，或許就能知道這個儀式。」

「就算知道那是什麼樣的儀式，對這次的事件又有什麼幫助嗎？」

「……」

——這個人又下意識地點出核心……

看見無言以對的三緒，袋田難得笑道：

「妳也不知道，但就是想先找出線索是吧。聽妳之前推測得頭頭是道，在這種關鍵時刻卻漏氣，也像妳的風格呢。」

所謂的啞口無言就是指這種情況吧。

袋田說的沒錯，就算來到村裡，也未必能找到解決事件的答案。

關於這座村莊有什麼，頂多只掌握到《驚嚇地點指南》裡刊載的資訊。就連來到公民會館，應該能找到「夜葬」和「鈍振亡者」相關的書籍，也只是靠直覺，無法反駁。

「妳幹嘛不說話？我是在誇獎妳耶。誇獎妳相信自己的直覺，就能走到這一步。」

「咦……」

袋田赫然回過神後，大聲喊叫道：「真會故弄玄虛！就像假公告一樣！」並且調查書櫃下方。

袋田打開書櫃下方的櫃門，坐在門前，發出低吟。

站在他身後的三緒，窺視著袋田凝視的地方詢問：「有找到嗎？」

「沒有耶。只有一九四五年以後的日誌。之前的日誌會不會因為戰爭燒掉了？」

三緒回答：「這樣啊。」同時明白為什麼市原只把那本日誌放在那裡。

因為有寫到「夜葬」相關資訊的，就只有那本日誌。

當然，市原應該不可能把這裡所有的日誌都看過一遍。不過，他也是絞盡腦汁才找到這裡。這麼一想，也許沒有更多情報了。

「那裡的日誌是一九五〇年到一九五九年的。不知為何，沒有接下來的年份了。」

三緒聽到袋田的報告後，耿耿於懷，尋找手邊日誌的最新一頁。

「一九五九年五月十九日

大事不妙。那個傢伙竟然帶走了鈍振亡者。必須在孩子們生氣、福神動怒之前拿回來，就算要殺了他也在所不惜。」

「帶走鈍振亡者？福神動怒？」

終於出現「鈍振亡者」這個詞彙。

然而，日誌卻停在五月十九日這個不上不下的日期，沒有更新。來到這個村莊後，確實掌握了新的情報。

不過，那些情報只是增加了新的知識，並非斬斷連鎖的關鍵。

「不應該這樣的……」

三緒緊咬嘴唇，正打算尋找其他頁面時，袋田問道：

「朝倉。這座村莊妳要查的就只有這裡嗎？」

三緒回答：「沒有，還有其他地方。」

「是嗎？那麼差不多該去其他地方了吧。時間好像不夠了。」

「時間？咦，不是應該還有整整一天以上……」

袋田秀出自己的手機，打斷三緒的話。

「這是……怎麼回事？」

最初在三緒家設定預估抵達目的地的時間是三十二小時。就算被鎖定時就已經在劫難逃，時間也還很充裕才對。

而從那時開始計算，也才經過將近四小時而已。

以三緒的計算，照理說還有二十小時的足夠時間。然而，袋田秀出的手機畫面卻與自己的推測大相逕庭。

漆黑的畫面只有一條紅色路線。出發地點顯示「鈍振亡者」，有一個不停晃動的箭頭指向己方。

目的地是「袋田巽」，預估抵達時間則是「即將抵達」。

「這是怎麼回事！跟我當時的情況完全不一樣！」

「啊……果然是這樣嗎？聽妳說的時候，我就覺得跟我的狀況不一樣呢。照妳所說，翻開書讀了那篇文章，就會收到ＬＩＶＥ訊息吧？看了那則訊息就會被那傢伙找到。不過，我的情況卻省略了這段過程，直接就變成這樣了。」

「目的地變成人名……代表回覆ＬＩＶＥ訊息，轉移目標時，不是鎖定土地，而是直接鎖定人嗎？沒有收到ＬＩＶＥ訊息，不就表示不能再轉移給別人了嗎！」

「朝倉，妳冷靜點。我剛才也說了，就算祂來找我，我也會反擊回去，沒關係的。重點是，這傢伙已經來到附近，我們沒辦法在這裡逗留太久。」

「我、我知道了。那麼接下來去這裡吧。」

三緒如此說道後，指向書裡的一張圖片。一張園藝用的生鏽鐵鍬插在隆起的土裡，前方放著線香，煙霧裊裊升起的圖片。

「鐵鍬……我記得黑川說過挖臉的凶器就是鐵鍬吧。」

「對。我想說這篇文章中應該會有什麼線索，所以一直在計程車上閱讀。因為要是在這間公民會館什麼都沒找到的話，我就束手無策了。」

「喂！」袋田不禁吐嘈她，但三緒表情嚴肅，繼續說道：

「我想書上的鐵鍬圖片，跟『鈍振亡者』使用鐵鍬當凶器這件事，絕非偶然。鈍振村有過『夜葬』的習俗，想必是千真萬確。不過，杳無人煙的這座村莊，不可能繼續舉辦夜葬。那麼，應該是來這裡的人對那個習俗犯下重大的過失。這麼想比較自然吧。」

袋田不知道「夜葬」這個習俗，光是側耳傾聽，避免聽漏三緒說的話就已經費盡他的心力。

雖然搞不太清楚，但他自己解讀成反正問題就出在於鐵鍬不見了吧。「這樣啊。」袋田簡短回答後，三緒接著說道：「不只如此。」

三緒照射的頁面還有一張幾十具地藏並排在一起的圖片，旁邊附有標題，寫著「這座村落自古流傳的不祥信仰」。

「嗚哇，好噁心喔！」

袋田吐出率直的感想，露出不快的表情。三緒反而再次指著那張圖片說：「你再看仔細一點。」將書湊近袋田。

「真的假的啊！這是怎樣啊！」

袋田的聲音穿過漆黑的無人廢村，沒有引起回音。

袋田驚叫的理由，源自於地藏圖片。數十具排列在一起的地藏，全都沒有臉。而兩人非常熟知這無臉的模樣。

——跟「鈍振亡者」一樣，臉部中央被挖了一個圓形大洞。

「雖然難以置信，但根據這本書上所說，這個村莊會將從死者挖下的臉部戴在這些『鈍振地藏』上來祭祀。」

「把挖掉的人臉戴在地藏上……？那是怎樣啊，腦子有病吧！」

袋田想像著宛如惡夢般的光景，臉部僵硬。

在漆黑中用燈光照射閱讀的那本書，令人毛骨悚然到了極點。

儘管鈍振村的文章稱之為「習俗」，但看在他們這種住在大城市的人眼裡，只覺得不尊重死者，而且喪心病狂。

「就是這裡。」

袋田滿腦子懷抱這樣的心思，跟在三緒後頭前進，在深山的村莊野外停下腳步。他用終於習慣黑暗的雙眼想要看清這是哪裡。看出是類似堤防的普通地方後，感到有些疑惑。

「這裡會有什麼線索？一片空曠啊。」

袋田如此說道後，三緒用光線照射回答：「你看這個。」

那裡只是地面，但土地向上隆起，插著園藝用的小鐵鍬。袋田覺得這個畫面很眼熟，而且是最近才看過的。

「……啊，這是那個吧？」

「沒錯。跟那張圖一樣……是墳墓。」

內心一驚的袋田，望向墳墓後，總覺得有哪裡不對勁。

他想不出到底是哪裡不對勁，但就是覺得怪怪的。

「你看出來了嗎？這裡跟書上刊的圖片場所不一樣。」

「啊啊，原來是這樣啊！搞什麼啊，真是複雜耶！」

三緒心想根本一點都不複雜，但她沒有說出口，而是提出她走來這裡的期間所擬定的假設。

「這個村莊把失去臉孔的屍體稱為『鈍振亡者』，基本上應該沒有火葬。村子裡的習俗是把沒有靈魂的身體當作船隻看待，所以應該不會把駛向陰間的船隻用火葬燒毀。因此我認為這個村莊是採取土葬的形式，而鐵鍬是用來土葬的工具。

我想挖臉和挖洞都是用鐵鍬。

另外，你看這張圖片旁邊的註釋。上面寫著『鈍振地藏旁的墳墓』。我想這種墳墓應該有很多，但只有這張圖片標明位於地藏旁。應該是有別於其他的特別墳墓。

只要去這裡，大概就能找到答案。這只是我的猜想，我想文西出版的人把這座墳墓的鐵鍬帶回去了。」

雖然在黑暗中無法確認三緒的表情，但感覺語尾的語調透露出明朗的心情。袋田心想好久沒感受到三緒這種情緒了，甚至覺得有點懷念。

「不過，那支鐵鍬……」

袋田看見三緒難以啟齒地說到這裡，便不再讓她繼續說下去，替她回答：

「那支鐵鍬馬上就要來這裡了。」

袋田在手中施力，觀察他手上的球棒情況如何。看來隨時都可以全力揮棒，袋田笑道。

——憑這支球棒，不管什麼妖魔鬼怪找上門，一定都能擊敗祂。

即使在黑暗中，三緒也能感受到袋田隨時準備應戰「鈍振亡者」的氣勢。另一方面，她也感到不安。

「不過，我的猜想沒有根據。不能保證還回這裡失去的鐵鍬，就能斬斷死亡連鎖。我不覺得有那麼簡單。」

三緒再次眼眶泛淚，她精神上已無法承受。

到達極限的不只精神，時間也即將用盡。本以為還能拖上整整一天多的時間，如今只剩幾小時……不對，幾十分鐘。三緒實在不認為能在這麼短的時間內找到停止連鎖的解答。

好不容易走到這一步，但每件事都只是自己的推測，不知道真的做了會得到什麼結果。

歸還鐵鍬，使用便利商店購買的東西，究竟能否阻止「鈍振亡者」？

一想到這裡，三緒就痛苦得快要崩潰。

「根據？有沒有都沒差吧？重要的是對抗的覺悟。別看我這樣，其實我對妳稍微刮目相看了呢。」

袋田如此說道後，輕輕地敲了一下三緒的頭。

面對袋田出乎意料的舉動，三緒不由得抬頭望向他。黑暗中手電筒微弱的光芒，照射出袋田一小部分的臉孔。

因為太暗看不清他的表情，但站在眼前的不是那個性格惡劣、不對盤的公司前輩，而是一個可靠的男人。

「我不是說過體力活都交給我來嗎？妳不要囉哩囉嗦在乎一些無聊的小事，動動腦筋吧。只要結束這次的體驗，就能交出高收視率的企畫案。如此一來，就是妳和我一對一廝殺了。

做電視節目很快樂。看是靠體力製作節目的我，還是靠頭腦製作節目的妳能做出有趣的節目。所以拜託妳，放手去做吧。」

「袋田，你不害怕嗎？」

三緒如此問道後，袋田哈哈大笑。前進幾步，遠離三緒，開始練習揮棒。

「我反而興奮得很。因為能跟莫名其妙的鈍振妖怪決勝負啊！而且，通常用球棒痛打一頓，就能抓到吧？對方是死人的話，就更不用客氣了。話說，照事情的發展來看，拿著那支鐵鍬的是鈍振妖怪吧？那還有什麼其他辦法。」

這想必是袋田特有的體貼吧。三緒深深體會到他的關愛，同時也認為自己不能害怕。都走到這個地步後，不能只想著失敗時會怎樣。不能膽怯。

如此心想後，恐懼竟不可思議地如退潮般消失。

「我知道了。你說的沒錯，就算要歸還鐵鍬，也在『鈍振亡者』手裡……總之，先來找『被拔走鐵鍬的墳墓』吧，袋田。」

「嗯，走吧。」

黑暗中的兩人。

四周漆黑得宛如世界毀滅，只剩兩人存活。

後來憑藉著微弱的星光，總算逐漸不需只依賴手電筒。

兩人在幽暗中勇往直前，朝《驚嚇地點指南》中刊載的「鈍振地藏」邁進。

雙眼習慣了黑暗後，能見度也提高了一些，開始能夠在黑暗中看見村莊的整體輪廓。幾乎全毀的房屋、放棄奔馳，與這座村莊一起靜靜眺望季節的廢車、被人丟棄的小型機車、老舊的古井與沒有玻璃的窗戶，加深黑暗的大建築物……大概是學校吧。

花了十幾分鐘繞了村子一圈，卻沒有找到地藏存在的地點。

「真是奇怪，一定有才對啊。」

聽見三緒低喃，袋田對她說：「耐心點找吧。」

因為這句話，三緒快要焦躁的情緒又恢復平靜。

她蹲在腳下冒出寒氣的道路上，再次仔細比對圖片。

圖片上好像是白天，照得非常明亮，但現在是深夜。就算同樣的場所也難以一目了然。

「喂，朝倉。是不是那裡？」

這時，袋田用球棒指向彼方——平凡無奇的樹林。三緒照射球棒指向的前方，定睛細看後，便看見有個類似四角石頭的東西。

「那裡該不會……」

走近一看，出現一根由於長年擱置而被草木掩蓋的石柱。

袋田用球棒揮開草木後，發現一條通往前方的階梯。

三緒從階梯的第一階往上照射後，看見頂點附近微微露出類似鳥居頂端的影子。

「太好了！袋田，真有你的！一定就是這裡了！」

這次換三緒扯開嗓門大聲喧鬧，袋田也回答：「是啊。」

《驚嚇地點指南》中也有出現大鳥居的圖片。三緒想到這件事，心想十之八九就是這裡沒錯了，而往前踏出一步時——

『抵達鈍振村。即將抵達袋田巽。』

「來了！」

喊叫的不是三緒，而是袋田。他臉部瞬間僵硬，緊握住球棒。

「快跑！快點，朝倉！」

「好！」

在袋田一聲號令之下，三緒衝上階梯，明明沒幾階，卻覺得距離遙遠。是恐懼使然？還是緊張讓身體的感受出了問題？宛如慢動作一般，怎麼爬都爬不到頂點。

『鈍振村公民會館位於右側。鈍振村公民會館會舉辦季節活動和村民會議，也用來作為夜葬的會場。夜葬為村中弔唁死者之儀式。將臉孔歸還神明後，在挖空臉部的圓洞裝滿白飯，讓家人一起分食。此時附著在飯上的血液會保祐遺族無病消災，而「挖臉的工具」則被視為神聖之物，必須供奉在埋葬「鈍振亡者」的場所。』

導航突然開始播報一長串的內容。

似乎是在解說關於這座村莊的「夜葬」習俗，但航導系統根本不可能說這麼長的語句。

領悟這一點的三緒，全身起雞皮疙瘩。不過，「夜葬」的解說還沒有結束。

『即將抵達鈍振村學校，位於左側。在有五百名村民的鈍振村裡，只有這一間學校，採取小中學一貫的系統。不過，鈍振村原則上禁止村民以外的人流入，因此也無法學習外部教育。況且鈍振村自行通知各個家庭必須自給自足，連電氣也要靠自家發電，在準備那些機器時，只有村長以及數名代表下山。下山時遇到村外人，在跟他們談天的過程中，被外人知道鈍振村的事，因此導致鈍振村滅亡滅亡滅亡滅亡。』

導航在最後不斷跳針，袋田和三緒不予理會，氣喘吁吁地抵達上方的鳥居。

那裡有間和鳥居的大小不成比例的小神社，其腐朽的程度，即使不用燈光照射，只憑輪廓就能明白。

「朝倉！動作快！」

一踏入神社境內，兩人便四處張望，尋找地藏群的所在之處，但並沒有找到類似的東西。隱藏不住焦躁的三緒，驚慌失措，不斷地叨念著怎麼辦、怎麼辦。

「冷靜點，別擔心！一定是這裡，再仔細找找！」

在袋田的激勵下，三緒勉強保持冷靜，盡可能緩慢地照射光線。

袋田手機播放出的聲音令人毛骨悚然。三緒寒毛直豎，感受到一股彷彿所有真實的情緒都被奪走的不祥氣息。

『離袋田還有五十公尺，位於左側。』

「慘了！祂在附近了！妳去找吧！」

袋田朝階梯的方向奔去。三緒對著他的背影大喊：「怎麼可以！被『鈍振亡者』盯上的人是你耶！」

「所以我才要去啊！我一定會拿回鐵鍬，不想讓我死的話，就快點去找！」

三緒還是無法接受，打算接下去爭辯時，準備好對付「鈍振亡者」的袋田，朝三緒大聲一喝後，便走下階梯。

「袋田！」

在三緒吶喊後，立刻響起袋田的怒吼聲：「看我的！」

三緒緊咬嘴唇，抑制住想大喊的衝動，奔向神社內部。

由於隨時可能崩塌，三緒無法走到太裡面調查。但是現在可不是什麼怕危險的時候。

偶爾掉落的木材阻礙前行，但三緒不予理會，繼續前進，終於發現了目標。

「鈍振地藏」

木板上用火刻出這幾個字。另外有一條細長的石版路。

三緒確信地藏肯定就在這裡面。

她踏著踉踉蹌蹌的步伐，拚命地走向深處。不快一點的話，袋田會被殺死。她絕對要避免這件事發生。焦急的三緒被腳下的某個東西絆倒，倒向前方。

「嗚，好痛……」

有什麼大型的物體絆住她的腳。

跌倒在地的三緒坐起上半身，反射性地用手電筒照射。

「噫！」

她連忙與絆倒她的「那個」拉開距離，啞然失聲。

「那個」並非木材，也不是岩石，而是「人類」。

而且，是三緒熟識的人。

「有加里……小姐。」

無庸置疑是她的屍體。雖然三緒照射的正好是胸口一帶，但因為穿的衣服跟三緒最後見到她時一模一樣，因此立刻便認出她的身分。

三緒慢慢移動光線，照射臉部。

「有加里小姐……嗚、嗚嗚……」

赤黑乾澀的傷口，以及被挖空成圓形的臉部。

一眼便可知曉是死於「鈍振亡者」的連鎖效應。

但她無暇思考為何有加里的屍骸會在這裡。三緒必須加快動作。

「好痛！」

跌倒時強力碰撞的膝蓋因劇痛而麻痺。三緒沒有特意去看膝蓋是什麼狀態，但從疼痛的觸感來判斷，似乎是受傷了。

即使如此，三緒還是拖著腳步朝地藏前進，然後——

「有了！在那裡、就在那裡！」

三緒發現一間類似祠堂的地方，透過燈光隱約可見那裡排列了一堆地藏。她拖著疼痛的腿部，朝應該在階梯附近的袋田大喊：

「袋田！找到了！我找到地藏了！」

袋田沒有任何回應，但三緒相信他一定平安無事，繼續踏著疼痛的步伐來到地藏附近，近距離照射光線。

「咦，啊、啊……」

三緒用燈光照射地藏的臉部後，受到強烈的衝擊，張口結舌，說不出一口話。完全無法理解自己眼前的情況。

地藏臉部被挖空成一個圓洞。而洞裡嵌進一張「人臉」。

而且，那並非死人的臉孔，那張臉瞪著雙眼，直盯著三緒。

「臉」是陌生人的，但看見這駭人的光景，令三緒不禁向後退時，又照到隔壁地藏的臉，嚇得她心臟都快要停止。

「有加里……」

有加里的臉孔被嵌進地藏裡，只有眼珠骨碌碌地追著三緒移動。

那是「只有鑲嵌的臉孔還活著」，顛覆常識的狀態。

後退的鞋跟又踩到一樣硬物。三緒直接倒向後方，背後受到重擊。

儘管受到衝擊，但是想要盡早逃離這裡的心情，似乎暫時抑止了疼痛。

「小姐。」

一道熟悉的聲音令三緒回過神。她將燈光朝四方照射，尋找聲音來源。

感覺是從前方傳來的，但是基於認為地藏不可能說話，以及不想再看見那副可怕的光景，而沒有照向前方。

「小姐，前面。照射前方。」

看來聲音的主人果然是其中一具地藏。儘管千百個不願意，三緒還是再次照向地藏。抖動的燈光前，有一張臉對著三緒說話。

呼喚三緒的那張臉……是市原。

「市、市原先生！」

「小姐、小姐、小姐、小姐，踢掉的手機、踢掉的手機，真壁，我……阻止、阻止。」

不知道是否因為只剩臉部的關係，市原無法完整地表達。儘管處於毛骨悚然又可怕的狀況下，但三緒感覺市原的臉孔似乎想要表達什麼重要的事情。

聽見市原所說的「踢掉的手機」這句話，三緒將燈光照向她剛才踩到踢飛的東西。

「踢掉的手機……手機！」

正如市原所說，那裡有一支掀蓋式的傳統手機。

市原的臉孔，大概是想要叫自己帶走這支手機吧。三緒決定如此解讀。

「對、對了……墳墓。」

在地藏祠堂的前方，有一個土地隆起的四角區域。

三緒用燈光照射，發現它之後，連忙拿出《驚嚇地點指南》，打開那一頁。

與刊載在頁面的圖片比對過後，看來是同樣的地方沒錯。然後，正如三緒所猜想，上頭沒有圖片上那支本應存在的鐵鍬。

「果然被人帶走了！」

需要的果然是鐵鍬。只要有鐵鍬，就能斬斷這恐怖的連環詛咒。好不容易在這裡找到希望。三緒先拿起被她踢飛的手機，朝後方的袋田全力大喊：

「袋田！找到了，我找到……墳墓了！」

然而，袋田沒有回應。三緒再次大喊，還是沒有反應。

也難怪她會想像最壞的結局，連袋田也已經犧牲了。

如此一來，也拿不到鐵鍬，一切有如回到原點。根本也不可能知道下次受到連鎖效應的對象會是誰，雖然不知道……但是……

「只要這本書還在我手上……」

三緒下意識地說出這句話。表示即使她本身陷入絕望，她的本能卻未必。

彷彿證明這一點似地，三緒的耳朵捕捉到疑似金屬拖地的聲音。

「袋田……？」

『可以再來一碗嗎？』

如此說道後，從黑暗中朝三緒燈光現身的是袋田。不過，燈光只照射到袋田所穿的褲子，看不見臉。

三緒猶豫是否要將燈光往上移。

搞不好，袋田已經不是袋田了。若真是如此，自己究竟該如何是好？

要確認他是袋田，還是曾經是袋田的生物，方法很簡單。只要照他的臉就好。但那正是三緒猶豫不決的主要理由。

但三緒非確認不可。賭上性命跟自己一同來到這裡的袋田。被「鈍振亡者」盯上的明明是自己，都是自己害他被盯上的。三緒必須相信跟自己一起來到這裡的他。

三緒不斷地說服自己。她下定決心後，戰戰兢兢地將手電筒的燈光向上照射臉孔。

一隻手拿著金屬球棒，另一隻手拿著沾血的鐵鍬。然後——

「喲，朝倉。」

袋田。是袋田的臉。

「袋田！」

三緒不由得抱住他哭泣。袋田摟住三緒的背部，開懷地笑了。

「妳這麼猛力地衝上來抱我，會掉啦。喏，鐵鍬。」

「袋田！袋田！袋田！太好了，真的太好了……」

袋田沉默不語地輕輕敲了一下三緒的頭，有些霸道地抓住三緒的手，將鐵鍬塞給她。

然後，溫柔一笑，說了一句：「快點結束它吧。」

「嗯，那你呢……？」

「別管我。現在低頭的話就糟了。」

三緒聽不懂袋田在說些什麼，總之先把他拚命搶來的鐵鍬插進「墳墓」隆起的小山，用土固定，避免倒下後回過頭。

「這樣就沒事了吧！袋田……」

有東西掉落地面的聲音……宛如是什麼濕潤的東西從肩膀高度掉落的黏膩聲。

聽起來像是掉在袋田的腳下。三緒反射性地用燈光照射掉落下來的東西後，看見一團紅色的東西，不對，是紅色跟皮膚色。

「……？」

三緒的本能在吶喊絕不能看那樣東西。

所有的聲音從她的周圍消失，就連依靠零星的星光才能微升的能見度，也急速變得漆黑。

周圍靜謐無聲，視野也漆黑無光。唯有心跳聲宛如爆破般劇烈，血管如撕裂般全身疼痛。

本能的吶喊比身體的動作稍微晚了一步響起，三緒已看見剛才掉落在地的東西是什麼。

掉落在眼前的「那個」是臉。

之前被挖取的臉孔應該早就全嵌進地藏的臉部之中了。不過「那個」卻不是而是剛剛才從原本的位置掉落在她眼前的。

「那個」是袋田的臉。

「不————！」

三緒發瘋似地用雙手亂抓自己的臉部，像隻被捕捉的昆蟲，白費力氣地劇烈擺動雙腳，用盡全力表現出否定現實的動作。

臨終般的吶喊充滿狂亂，如果閉上眼睛來聽，聽起來只像是超音波，是前所未聞的叫聲。

宛如用全身去承受這世上的惡夢、地獄般的絕望哀號。好似在抽搐的滑稽動作，不具任何意義，只是胡亂擺動著手腳。

失去臉孔的袋田，身體當場頹倒仰躺在地。三緒連忙用手捧起掉在地上的袋田的臉，將它塞進被挖空的部分。

「袋田、袋田、袋田、袋田……」

縱使將臉孔塞進被挖空的洞裡，也不可能恢復原狀。

三緒彷彿完全不明白這個道理似地，只是瞪大雙眼不斷試圖將臉塞回去，就像孩童在公園蓋沙堡一樣。

一而再、再而三，不斷重複……

九 長尾總一郎

隔年七月十四日

東都電視臺的吸菸處放有一臺紙杯飲料自動販賣機。

坂口非常喜歡這裡的特濃咖啡。因此，他造訪東都電視臺時，總是期待這點芝麻小事。

不過，最近的坂口完全不喜歡來這個電視臺，反而能免則免。

無論是熱呼呼的特濃咖啡，還是平常抽的菸，都毫無味道。簡直跟只是在吸柔軟的紙棒，或是喝熱水沒兩樣。

他之所以會出現在令他提不起興致的東都電視臺，當然是因為工作關係而造訪。但說是工作，卻與過往的工作意義上截然不同。

「啊，長尾兄。多謝您平常的關照。」

來到吸菸區的，是東都電視臺的長尾。就是以前提議製作那檔報導特別節目的男人。長尾朝坂口揮了揮手，卻沒給他好臉色看。

「你常常進出我們電視臺，我有點難做人啊。」

看見長尾拿出香菸，坂口立刻湊上前想要幫忙點火。不過，長尾拒絕他的好意，自己點火。盡可能避人耳目地對坂口露出明顯為難的表情。

「我跟貴公司一直合作愉快，但畢竟發生了那種事。我不是在說貴公司不好，只是在這個業界形象也很重要，你明白吧？」

「是，您說的沒錯……不過，要是連東都電視臺都跟我們斷絕合作關係，我們公司會倒閉的。什麼節目都好，拜託您賞點工作吧。」

坂口浮現傷腦筋的笑容，試圖討好長尾，但長尾依然面不改色。

「我明白貴公司的困境，但真要說的話，我們也是一樣啊。畢竟是我們電視臺要播放的。萬一出什麼差錯時，總不能推卸責任說『那是節目製作公司做的節目』吧。」

明明沒出什麼亂子，長尾卻表現出一副「你們以後會失敗吧？」的態度，自以為是地說道。

坂口本來可以這時爭辯的，但他依然鞠躬哈腰地反覆強調沒這回事。

「你到底明不明白啊？貴公司的職員涉及殺人事件。而且已經死了一個人了。」

「請不要戳我的痛處啊。」

「而且，聽說在莫名其妙的山中，還同時發現刑警跟大阪女運動員的屍體。事件的詳細經過也完全沒有頭緒。還有，牽涉那起事件的女職員不是精神失常，住院了嗎？我實在不想跟你們公司有所牽扯。」

即使長尾表現出完全不接受請求的態度，坂口依然不屈不撓。反而像是等待這句話已久的樣子，邊走近長尾邊顧慮周遭，小聲說道：

「關於這件事啊。比方說……沒錯，只是打個比方。要是找到能得知神祕事件全貌的證據，您是否願意做這筆交易？」

聽見坂口說的這句話，長尾的表情明顯改變，一副興致勃勃地將耳朵湊過來。

「雖然警方對外公開說已經解決，但就連我們媒體相關人員也幾乎不知道這起事件的梗概。你卻說你知道？」

「算不上是知道，但我手上有個照理說不能流出去的好東西。不過，我腦袋不靈光，健忘得很呢。」

坂口如此說道後，從胸前口袋拿出一只隨身碟。

「這是？」

「有個廢村是這起事件的關鍵，這是詳細記載那個村子的書籍檔案。順帶一提，那本書籍最後因故沒有出版。」

長尾用鼻子嗤嗤笑了笑後，一副難以置信地對坂口說：

「你這傢伙還真壞呢！你公司的職員都死了耶。」

「死是死了沒錯，但是真是假由看節目的觀眾決定就好。我們是創造娛樂，懷有夢想的工作。不能再懷抱著夢想，對彼此都沒好處吧。」

長尾拿出名片，在背面流暢地寫了些什麼後，遞給坂口。坂口收下後，搔了一下頭，笑了笑，對長尾深深一鞠躬道謝，討他的歡心。

「總之，下次吃個飯慢慢詳談吧。在那之前，你可要好好保管你的隨身碟喔。」

長尾如此說道後，走出吸菸區。坂口朝他的背影感謝地說道：「謝謝您，辛苦了。」再次將隨身碟收回口袋。

距離三緒和袋田經歷過的那個惡夢般的夜晚，已經過了八個多月。

當天，坂口收到三緒傳來的ＬＩＶＥ訊息，內容寫著栃木縣山中的詭異住址。

他根據數小時前在文西出版得到的資訊，判斷三緒和袋田可能發生了什麼事，便嘗試聯絡兩人，然而完全聯絡不上。

隔日後不久，坂口還是放心不下，便打電話報警：「現在下落不明的市原刑警可能在這個住址。」

正確來說，最初發現的遺體是市原，接下來是青山有加里，最後才是袋田。

光是這樣，就已經夠非比尋常了，竟然還同時找到之前那些受害者的「臉」。

而三緒就待在袋田的遺體旁邊。

坂口完全搞不懂為何事情會演變至此，但三緒因為在事件中受到巨大的衝擊，被送進了精神病院。坂口曾去探訪幾次，但她都處於無法對話的狀態，只是不斷地唸著袋田的名字。

坂口本人也不願意再翻出這起事件，但因為公司直接牽涉其中，導致製作的工作銳減。

這個業界本來就夠討厭跟警察扯上關係了，更何況他們公司不只涉及事件，甚至還死了人，因此誰也不願意跟他們合作。

不過，波吉特是靠製作新聞賺錢的公司，推三阻四找藉口只會讓公司倒閉。坂口絕不能讓這件事發生。

「至少當妳回來時，妳的辦公桌還在。」

坂口在波吉特的會議室裡，獨自抽著菸低喃道。

九月二十三日

多虧了用隨身碟交易，決定製作以這次事件為藍本的紀錄片節目，坂口這些波吉特的職員，勉強燃起一絲希望。

每個職員對這起事件各有各的想法，反對坂口這次做法的人離職不幹。

結果，反而在人事費方面削減得恰到好處。因為這起事件，引起職員想要東山再起的意念，更加團結一致。

坂口也直接參與這次的製作，負責協助現場和下達指示，為抓住起死回生的機會不遺餘力。

其中，成為助力的是一名提供情報的男子。

據說他最近才辭掉警察的工作，那晚也在現場。以匿名為條件接受採訪的男子，結果拍攝的影片還是不能用。理由是談話內容不適合播出。

Q：請告訴我們事件現場的狀況。

「到達現場時，四周籠罩著詭異的氣氛。『鈍振村』就位於交通不便的山中，若不是事先得知，絕對不可能知道深山裡有一個廢村。接到通報後，有八名警官前往現場。繞村裡一圈後，分頭搜索時，立刻就發現了第一具遺體。」

Q：第一具屍體是在哪裡找到的？

「在通往神社的階梯，正好在鳥居前面發現的。那裡有一具刑警的屍體。那具屍體臉部被挖空，傷口平整老舊，活體反應卻很新鮮，真是奇怪。」

Q：活體反應是什麼意思？

「喔喔，簡單來說就是死後不久。從傷口來判斷，應該是前一天晚上就已經死亡，但身體本身卻顯示剛剛才死亡的反應。然後，穿過鳥居，在本殿內部通往地藏祠的途中，發現一名女性的屍體。這具屍體也一樣，傷口跟活體反應互相矛盾。」

Q：你當場就分辨出活體反應了嗎？

「對，我不是第一次看見屍體，但我也不是驗屍官，只是憑感覺。事後聽到的消息，也證明我的推測沒有錯。」

Q：第三具屍體呢？

「是在更內側的地藏群前。在這裡見到的光景，是我警官生涯中最駭人的光景。老實說，我這次之所以退職，大部分的因素也是因為忘不了這副光景，沒有自信再幹下去。跟之前的受害者一樣，第三具遺體的臉也是被挖掉，但這具遺體臉部的傷口和死亡時刻卻是一致。」

Q：讓你不得不辭掉警察的駭人光景是？

「該從哪裡說起才好……首先，有一名女性倚靠著遺體，坐在一張臉孔旁邊。我一開始還懷疑她是嫌犯，但馬上就被另一件事情吸引目光。」

——另一件事情是指？

「呃，這個嘛……該怎麼說呢？不知道你相不相信，但我說的是事實。那名女性，將應該是在便利商店買來的白飯，那個……裝進男性臉部挖空的圓洞，吃著……變紅的飯。」

——飯嗎……？

「對。我想應該是白飯。她好像把男性臉部挖空的洞當作碗公，邊哭邊吃。」

……

「另外，她背後的地藏群，戴著腐爛的人臉，其中包括……第一名刑警的臉，和第二名女性的臉……不過，難以理解的是，唯獨找不到女性所倚靠的第三名男性的臉。」

錄影結束後，在一旁觀看的坂口和其他職員全都面面相覷。

有的人目瞪口呆，有的人反胃衝去盥洗室，表現出各式各樣的反應。

幾天後，坂口也一起實際造訪鈍振村，拍攝影像。拍攝變成廢墟的學校、公民會館與住家。

老朽的汽機車，以及位於堤防上方的廢神社。坂口爬階梯爬到一半時，想到市原而合掌，在發現第二具有加里遺體的場所，也同樣雙手合十。

然後，在發現袋田的地藏群前，雙手合十的時間特別長。

當然，這起事件對外公開表示已經解決，但既沒有公布凶手，也沒有新聞指出三緒就是凶手。反而感覺像是禁止媒體報導，完全沒有消息浮上檯面。

沒有新聞報導，就代表連之後有沒有被「鈍振亡者」殺害的死者出現都不得而知。就連坂口和長尾他們這些媒體相關人員，都不清楚後續消息。

不過，坂口事到如今才這麼想。

這個國家有不可觸碰的黑暗。

那不只是指國民心知肚明、顯而易見的陰謀論。還有在這種平凡無奇的山中村莊，掀起漩渦的無形之物。

「嗯？喂，來人啊。」

坂口指著被劃分成四角形的土山，呼喚同行的工作人員。

「我問你，這裡是不是少了些什麼？」

「咦？不知道耶，我們什麼都沒碰……不過，既然堆起土，應該本來插著什麼東西吧？」

坂口在事件當天，收到三緒傳來ＬＩＶＥ的訊息，叫他「不能打開檔案」。討厭麻煩事的坂口遵守約定至今，也猜想如果看了那些檔案，可能會被捲入什麼事情。

所以，沒有確認過的檔案就直接交給長尾。

坂口不知道「這裡原本插著鐵鍬」，以及那代表什麼含意。他一無所知。

同日　東都電視臺編輯部。

「我問你，這個啊。」

長尾死盯著電腦，叫住附近的節目腳本作家。

「是？有什麼事嗎？」

長尾招手把人叫來後，把電腦螢幕秀給他看問道：「你覺得怎麼樣？」

節目腳本作家根本不知道自己看的是什麼，凝視了螢幕一會兒，苦笑著說：「這個嘛。」

「你根本不知道這是什麼吧？這個啊，是一整本書的檔案。比方說，如果想要出書的話，用這個檔案就能出版了。而且，這家出版社已經不在了。我是在問你有沒有辦法找一家出版社來發行？」

「原來如此。你不解釋清楚，我怎麼會知道嘛。」

作家如此說道。長尾故意找碴：「你是作家吧，還要人解釋才懂啊。」之後兩人一起閱讀檔案內容時，被「鈍振村」的文章所吸引。

「哦，這個很有意思嘛。」

作家興味盎然地盯著螢幕後說道：「話說回來……」然後回到保存文章的資料夾。

「怎麼了？有什麼問題嗎？」

「沒有。我只是看到這個資料夾好像有個檔案跟書籍用的檔案不一樣。啊，就是這個。」

滑鼠游標移動的位置，有個取名為「1970.4. 前村民　黑川元先生的採訪」的音檔。

作家詢問：「要播放嗎？」長尾命令他：「放吧。」

『大約是一九五五年吧。鈍振村來了幾個媒體人員，打著調查文化習俗的名號，跟村民接觸，也帶了許多方便的東西進來，算是貢品吧。我們是很感謝啦，他們卻把我們村子弄得一塌糊塗，真是過分。結果他們離開後，瘟疫就在村子裡蔓延開來。村民完全束手無策，討論應該怎麼辦才好，有人就提出讓「夜葬」復活……該怎麼說呢，現在這種時代，怎麼做得出那種可怕的習俗，對吧？說到瘟疫，老夫也不覺得是什麼詛咒。不過村裡的人都說是因為廢止「夜葬」的關係，根本聽不進去。結果村民還是每月、每週地得病。於是「這麼多人死了，應該再舉辦『夜葬』」的聲浪越來越高，村民一直處於這種亢奮的狀態。老實說，又不是把活生生的人殺掉，我覺得讓「夜葬」復活也無妨，終究只是一種民間信仰嘛。聽說從很久以前就一直這麼做了，最後就決定遵照村民們的意見。我當時也是舉手贊成的。

可是，事情沒那麼簡單。要復活「夜葬」，需要舉行儀式。必須把福神再次喚來這個村子。這我實在無法接受。二十九人耶。二十九個小孩，太愚蠢了吧。就算再怎麼強調是當地的風俗，我也絕對無法默認。

我跟父親是在爆發二戰不久前才來到「鈍振村」的，並不是原本就是這個村子的村民。搬來這裡的時候……現在也不是什麼壞人啦，大家人都很好。只是我總歸還是不習慣「夜葬」這個習俗。戰爭開始後，大家都得拚老命才能活下去，我就趁亂廢除了「夜葬」。戰爭結束後，大家也拚命重建村莊，暫時沒時間去舉辦什麼「夜葬」。

我們一家本來就是外來的，所以比村民們更清楚外面的世界。復興村莊時，我跟父親的知識便派上了用場。結果我沒有想要當，卻被推舉當幹事。我想當幹事也有當幹事的成就感，就沒有推辭，但我跟村民說，如果要舉辦福祀，我就退位。原本「夜葬」有個步驟，必須把白飯裝到「鈍振亡者」裡。按規矩要先供奉給福神，大家再一起分食供奉完神的白飯。先讓神明享用，當死者的靈魂乘著「鈍振亡者」歸西時，村民再享用，之後才是家人享用。很噁心的習俗，但我當時認為這個村子就是這樣的地方。

嗯，福祀嗎？我想你還是別問比較好。

……村民說因為有一段時間沒有舉辦「夜葬」供奉食物給福神享用，福神就離開這個村莊了，因此才會有疾病滅村。所以必須再次將福神喚回「鈍振村」。福祀就是為了召喚福神而舉辦的儀式。要將二十九名純真的孩子作為「鈍振」獻給福神。二十九這個數字，是取自「福來」的諧音。要把他們的臉全挖空，把飯裝進被挖空的臉部裡，裝得尖尖的，供奉給神明。為了福祀要特地殺掉活生生的孩子，根本有病吧？不過，奇妙的是，待在那個村子裡，我反而會懷疑自己才奇怪。

據說從古早時期每隔一段時間就會舉辦福祀，我們這一代哪有舉辦過什麼福祀……畢竟是戰後嘛。我實在跟不上他們的想法，就離開了「鈍振村」。』

「這個……適合嗎？」

聽完音檔後，作家苦笑著詢問長尾。

「有什麼不適合的。我提高你的零用金，把這個也寫成文章。」

「提高零用金？那小的自當效勞。順便問一下，你要加多少？」

「你這個愛錢鬼。」

作家笑道：「長尾先生，你有資格說我嗎？」

他們發笑的理由，是因為並沒有輕易地相信這些資料。

況且長尾待的地方是新聞局。隨時都在聽說一堆脫離常軌的殘酷事件。假如這篇採訪和文章內容屬實，老實說，他也不會吃驚到哪裡去。

「我畢竟是個作家嘛，既然有酬勞，那我就做啊。何況這個題材感覺很有意思呢。」

作家用鼻子呼了兩口氣後，從長尾身旁操作電腦，觀看文章。

「對吧？聽說這是之前那起挖臉事件的關鍵線索，現在這些資料是我的了，拿它來賺一筆也無妨吧。」

「事件的關鍵線索……咦咦！你這樣做好嗎！」

「就是不知道好不好，才徵求你的意見啊。你覺得呢？」

作家沉思片刻，詢問長尾幾個問題後回答：「那應該沒什麼關係吧。」然後提出自己知道一家不錯的出版社。

「如果你出手闊氣一點，我可以幫更多忙喔。」

「你這傢伙還真懂得怎麼討價還價。」

兩人「哈哈哈」地笑道後，竊竊私語，再次彼此笑了笑。

不到幾天，長尾便拿著檔案拜訪出版社。

十一月十一日

紀錄片以兩小時特別節目的形式播放。

當然，提供情報的前警官那一段全部剪掉。

雖然內容跟普通的特別節目沒什麼兩樣，但是會讓喜歡這類題材的觀眾心滿意足。

坂口對這起事件的特別節目也懷抱著特殊的感情。因此買了好幾罐啤酒，打算辦個小型鑑賞會，跟公司幾個職員一起看電視。

「好，大家拜一下，順便追悼袋田。」

「咦，坂口先生，你一手拿著啤酒太失禮了啦。」

「說什麼傻話，那傢伙本來就是個失禮的傢伙啊。」

坂口此言一出，場子整個熱了起來。袋田生前確實是個徒有氣勢、直腸子，只要拿出成果，失禮又何妨，他就是這種個性的人。

所有人都想起資歷兩年多的袋田，以及比他更菜的三緒。還來不及加深夥伴感情，這兩名新人便落得令人遺憾的結局。大家隱藏著複雜的心境，各自想著這兩人。

而坂口則是只思考身為電視人應保有的態度這件事，感慨萬千地看著特別節目，卻在節目跑片尾字幕時，發生出乎意料的事態。

『這次特別節目所參考的事件相關書籍即將發售。全國書店、便利商店皆有販售。』

「這是什麼！別鬧了吧！」

是《驚嚇地點指南》的書籍發售宣傳。

坂口用力拍打辦公桌，罐裝啤酒因此掉落到地板上，但坂口不予理會，大聲怒吼。

工作人員和職員從來沒有見過坂口如此氣憤的模樣，誰也不敢開口說話，只能盯著坂口火冒三丈的模樣。

但是，坂口怎麼可能告訴別人，是自己將檔案交給長尾換取工作的。

結果現狀只能敢怒不敢言。要是對長尾吐苦水或是予以勸告，導致工作又減少的話，公司就不保了。

坂口心想，若是袋田在場，肯定會跟他一起發怒，贊同他的意見吧。

但換作是三緒會如何呢？勢必會責備坂口，打從心底輕蔑他，然後主張她那夢幻又天真的電視言論吧。

坂口想著不在現場的兩人，難得後悔地反省，自己走的這一步是不是鑄下滔天大錯。

等坂口察覺一切，後悔莫及時，已是日後的事了。

節目播放後，經過數個星期，《驚嚇地點指南》換了新的包裝上市。

在全國書店、便利商店上架，與節目的關注度相輔相成，還挺暢銷。網路上也引發熱烈討論，逐漸成為小中高年級兒童學生間的固定話題。

書上刊載的靈異與奇怪地點並沒什麼特殊之處。但是節目提到的「鈍振村」，加上「鈍振亡者」強烈的形象，與坂口等人的想法背道而馳，逐漸成為恐怖的象徵。

臉部空洞，像妖怪的陰森感，以及牽涉到實際發生的事件，因此盛行各式各樣的考察。甚至產生以「鈍振亡者」和「夜葬」為藍本的都市傳說，在社會上「鈍振亡者」成為與裂嘴女和失去四肢的鹿島小姐一樣的存在。

而一部分靈異迷和廢墟迷得知「鈍振村」的存在後，又開始出現第二波影響。

有人實際造訪「鈍振村」。

而且抱持好玩的心態把村裡的東西帶回去，頻頻傳出這類的報告。也開始出現把村裡撿來的東西當作垃圾丟到其他地方，以及擅自闖入村莊還不滿足的破壞事件。經過數星期後，行政機關便封鎖村莊。

「鈍振村」立刻變成禁止進入的聖域。

隔年一月一日 新潟縣北部

這幾十年來，長尾新年都在工作，今年久違地能回到新潟老家過新年。

這也是因為他埋頭拚命工作的成果，換句話說，就是因為出人頭地，才能像普通人一樣過新年。

話是這麼說，但由於今年也是他父親的七年忌，他只是特別請假而已。明年開始又要在工作中度過新年了吧。今年可說是難得的新年。

因為老家位處寒冷的地區，長尾不是那麼想在這時期回老家，不過一旦跟兄弟姊妹和親戚久違地圍爐喝酒時，又覺得比想像中還要快樂。

由於平常人際關係淡薄，反而對這種人與人之間的親近距離感到特別溫暖。

「因為天氣冷，食物才更美味，是這裡獨特的風情呢。」

不只長尾，其他親戚平常也大多住在東京，聊一些東京常見的妙事和電視圈發生的趣事，長尾的酒也越喝越順口。

長尾想要解手，因此起身走向廁所。

他的老家是古老的住宅，必須經過長廊才能到達廁所。

即使醉意上湧，心情飄飄然，每次去廁所解手時，還是會被寒意冷得酒醒了幾分。

然後，回到座位後，黃湯下肚，又把醒酒的分量補了回去，心情又變得飄飄然。如此重複。

在長廊時，一名小學五年級左右的少年跑向長尾。

少年在長尾的面前停下後，拿出一本書，凝視著他的臉。

「嗯？怎麼嚕？」

真是個面無表情的孩子，但令長尾更在意的，是少年的穿著。

就算有七年忌的法會，也沒必要規規矩矩地穿著像喪服的服裝吧。

「叔叔，你唸這個給我聽。」

少年說的是標準語，於是長尾配合他改變口音說道：「我可以看一下嗎？」接過那本書。

長尾對這名少年沒有印象，但既然聚集這麼多親戚，就算有不認識的孩子在也不足為奇。長尾不疑有他地詢問少年：

「要唸哪裡？不過，你已經這麼大了，這種程度的書應該看得懂吧……啊，這是叔叔做的書呢。」

少年拿著的是《驚嚇地點指南》……也就是用坂口讓給他的檔案出版的書。

一想到連這樣的小孩都有這本書，長尾覺得有些高興，快速翻閱頁面。

「這不是叔叔你做的書。」

「嗯？啊啊，你不相信啊。也罷，哈哈。」

長尾如此說道，同時發現那本書跟自己製作的書籍有些微的差異。

他拿到的檔案，是沒有書衣的裝訂設計，為了稍微抬高價錢，他改成有書衣的包裝。

不過，少年拿給他的書卻沒有包書衣，比自己經手的書，裝訂得還要廉價。

而且，也沒有新增的「福祀」頁面。

「嗯？我沒聽說要出廉價版啊……不過，可能因為地區不同而有些微的差異吧。」

長尾可能是喝醉了吧，找個平常不可能認同的理由就這麼帶過。然後把書遞給少年，問他希望自己讀哪一頁給他聽。

「這裡！唸這一頁！」

「喔喔，這裡是那個啊。『鈍振亡者』的部分呢。祂現在已經變成超級受歡迎的角色，不唸這裡果然說不過去呢。」

長尾蹲下，將「鈍振亡者」……也就是「鈍振村」的文章，仔細地唸給少年聽。

「哎呀，叔叔我快要尿褲子啦。只唸這裡就行了吧。咦？」

長尾回過頭後，剛才還在的少年卻不見蹤影。只有自己拿著書本的身影，倒映在呈現雪景的窗戶上。

長尾暗自在內心謾罵：現在的小孩真沒禮貌，再次走向廁所，拉開有些腐朽的木製拉門。

『夜葬開始了。』

在長尾下半身冒著熱氣解手時，他口袋裡的手機突然響起播報聲，害他差點尿出小便斗。

長尾急忙修正軌道，扶回正軌後解完手。接著拿出突然啟動導航程式的手機。

「怎麼回事？它剛剛是不是說了什麼沒聽過的話啊。」

看了一下，導航果然啟動，有東西正朝這裡前來。仔細一看，發現有人傳ＬＩＶＥ的訊息過來，便開啟畫面。

『縺→縺溘�邨蟇縺豁縺繧　險縺輔→縺�』

「這是什麼？亂碼？話說回來，為什麼顯示已讀啊？」

長尾疑惑不解，回過頭想要走出廁所，眼前卻出現一名意想不到的女性。她穿著白色病服，全身濕淋淋的。

「嗚哇，妳搞什麼啊！」

全身濕淋淋的女性，右手拿著鐵鍬，左手拿著掀蓋式手機，一動也不動。

左手拿著的掀蓋式手機是蓋起來的狀態。

長尾一回過頭就撞見這名詭異的女子，驚恐不已，只能大聲怒吼：

「喂，來人啊！有可疑人物，喂！」

「那個……」

女性指向長尾手上的《驚嚇地點指南》後，揚起嘴角。然後拖著一隻腳慢慢縮短與長尾之間的距離。

「妳、妳幹嘛啊……很噁心耶！」

長尾推開擋住道路的女性，想要前進時，卻因為地板濕而滑了一跤。

塊頭大的他不小心跌倒撞到頭，當場有些無法動彈。

「搞什麼啊，別開玩笑了！可惡，誰幫我報警啊！」

「袋田……？」

那名女性從上方俯視著仰躺在地的長尾。然後，低頭時頭髮垂下，露出整張臉——

「啊啊呀啊啊啊啊！」

那名女性臉部外圍有一圈傷痕，傷痕內側則是嵌著一張男性的臉。就像是把自己的臉部挖掉，裝上別人的臉一樣。

『抵達目的地周邊。』

「咦？什麼，怎麼回事？」

『不夠、不夠。還差一人～福神會生氣喔～』

一群無臉的孩童緊貼著能看見雪景的窗戶，凝視著長尾。

無臉的死者們用力敲打著玻璃。

俯視自己的男臉女性，慢慢舉起鐵鍬，然後，筆直地揮下。

發出彷彿叉子刺進蘋果般的清脆聲響，原來跟自己想像中的不一樣啊，男臉女性笑個不停。

不過，那道清脆的聲響逐漸化為好似撫摸水面般的混濁聲後，與「啊！啊！」的痛苦叫聲，節奏同步。

沒有突起凹陷的平整額頭被鐵鍬強行剖開，每刺進腦部，就發出分不清是痛苦還是歡喜的叫聲，留下的只有血跡——

長尾從家人和朋友面前消失無蹤。

『可以再來一碗嗎？』

完

本書為榮獲第23屆日本ホラー小說大賞　讀者獎作品，
經過改稿後出版成書籍。
此作品為虛構故事。與實際人物、團體等毫無關係。

喪眼人偶

澤村伊智
喪眼人偶

定價：360 元　**發售中**

澤村伊智◎著
劉愛夌◎譯

這明明是一本純屬虛構的小說，為什麼描寫的卻是「我」身邊的現況……？死狀異常的作家留下了一份稿件，超自然雜誌的編輯藤間被稿子裡的都市傳說──「喪眼人偶」勾起興趣。然而，隨著原稿中的故事逐漸推進、藤間的調查越來越深入，喪眼人偶竟出現在現實生活中……

KADOKAWA 文學放映所 083

窺伺之眼

發售中　**定價：360 元**

三津田信三◎著
王靜怡◎譯

昭和末年，來到偏僻出租別墅打工的成留等人，在謎樣女性的引領下，踏入禁忌的廢棄村莊，遭遇既可怕又詭異的經歷。昭和初期，民俗學家・四十澤寫下的筆記本中，記載了名叫「弔喪村」之村，曾流傳一則怪談，在鞘落這一戶人家，盤踞著附身惡靈「窺目女」，自此便不斷有人離奇死亡……

死相學偵探 1 十三之咒

定價：320 元　**發售中**

三津田信三◎著
莫秦◎譯

不明的念佛聲、被蜘蛛絲割傷的脖子、畫了十三條短線的詛咒信……紗綾香的未婚夫在婚禮前夕猝死，周遭人們也接二連三遭逢毛骨悚然的怪事。束手無策的她，來到俊一郎的事務所門外——因「死視能力」而被稱為「惡魔」的弦矢俊一郎，將化身助人脫離「死亡陰影」的神祕偵探……

國家圖書館出版品預行編目資料

夜葬 / 最東對地作；徐屹譯．-- 初版．-- 臺北市：臺灣角川，2017.08

面；　公分．--（文學放映所；104）

譯自：夜葬

ISBN 978-986-473-855-7（平裝）

861.57　　106012298

文學放映所104

夜葬

原書名＊夜葬

作　　者＊最東對地
畫　　家＊ねこ助
譯　　者＊徐屹

2017年8月30日　一版第1刷發行

發 行 人＊成田聖
總　　監＊黃珮君
總 編 輯＊呂慧君
編　　輯＊林毓珊
美術設計＊吳佳昀
印　　務＊李明修（主任）、黎宇凡、潘尚琪

發 行 所＊台灣角川股份有限公司
地　　址＊105 台北市光復北路11巷44號5樓
電　　話＊(02)2747-2433
傳　　真＊(02)2747-2558
網　　址＊http://www.kadokawa.com.tw
劃撥帳戶＊台灣角川股份有限公司
劃撥帳號＊19487412
法律顧問＊寰瀛法律事務所
製　　版＊尚騰印刷事業有限公司
I S B N ＊978-986-473-855-7

香港代理＊香港角川有限公司
地　　址＊香港新界葵涌興芳路223號新都會廣場第2座17樓1701-02A室
電　　話＊（852）3653-2888